Coll

Un matin tu te réveilles… t'es vieux !

Azimuts | roman

Michel Fréchette

Un matin tu te réveilles… t'es vieux !

Vents d'Ouest

Données de catalogage avant publication (Canada)

Fréchette, Michel, 1946-
Un matin tu te réveilles-- t'es vieux!

(Azimuts. Roman)

ISBN 2-89537-062-1

I. Titre. II. Collection.

PS8561.R3743M37 2003 C843'.6 C2003-940104-9
PS9561.R3743M37 2003
PQ3919.2.F73M37 2003

Nous remercions le Conseil des Arts du Canada de l'aide accordée à notre programme de publication. Nous reconnaissons l'aide financière du gouvernement du Canada par l'entremise du Programme d'Aide au Développement de l'Industrie de l'Édition (PADIÉ) pour nos activités d'édition. Nous remercions également la Société de développement des entreprises culturelles ainsi que la Ville de Gatineau.

Dépôt légal — Bibliothèque nationale du Québec, 2003
Bibliothèque nationale du Canada, 2003

Direction littéraire : Micheline Dandurand
Correction d'épreuves : Marie-Claude Leduc
Infographie : Christian Quesnel

Première édition : mars 2003 ; réimpression : novembre 2003

Éditions Vents d'Ouest inc.
185, rue Eddy
Gatineau (Québec)
J8X 2X2
Téléphone : (819) 770-6377
Télécopieur : (819) 770-0559
Courriel : info@ventsdouest.ca
Site Internet : www.ventsdouest.ca

Diffusion au Canada : PROLOGUE INC.
Téléphone : (450) 434-0306
Télécopieur : (450) 434-2627

À Marie-Hélène et à Nicholas
et aux Gauthier dit Landreville, de près ou de loin.

Chapitre premier

J'AI DIT, en préparant ma valise pour un voyage de gars : « Je pars au monastère de Saint-Benoît-du-Lac... Pour écrire », ai-je précisé.

– Écrire quoi ? Tu peux écrire ici. Il faudrait seulement que tu trouves ton bureau, sous la tonne de papier qui l'encombre... Écrire quoi, au juste ?

– Mon roman.

– Tu as un roman, toi ?

Je ne vais pas écrire. Pas davantage que je me rends chez les moines. Je m'offre quelques jours de célibat à mon rythme. Bon, d'accord, un rythme modifié par la présence de Jeanne, une merveilleuse jeune rousse travaillant dans un gros cabinet de relations publiques. Elle me trouve brillant, moi, je la trouve nouvelle. Bref, elle ne voit pas le crapaud, seulement le prince. J'ai besoin d'un moment menteur. Puis j'adore sa conversation. Elle m'écoute tellement bien ! Je craque chaque fois qu'elle me dit : « Où prends-tu toutes ces idées ? Tu es vraiment génial, tu sais ! »

Évidemment, je ne lui dis pas qu'au fond, je me répète ; mon seul vrai talent consiste à faire un usage éclairé de mes mots d'esprit. J'ai un répertoire et je me souviens de mes publics. Répéter certes, radoter, jamais. Bon, il m'arrive d'oublier, mais c'est rare. C'est surtout embarrassant quand le public dit : « La dernière fois, tu avais dit que c'était de Tony Blair ; maintenant, tu dis que c'est de Clinton... » Citer les grands hommes est toujours un peu risqué. Il vaut mieux se rabattre sur les fameuses études américaines. Il y a une étude américaine pour chaque situation. C'est tellement vaste, les études américaines !

– Quelle étude américaine ?

– Celle que je viens de te citer. Ils en parlaient dans le *New York Times* récemment. Je ne me souviens jamais des dates. J'en lis tellement...

Et vlan ! Un direct dans l'ignorance du vis-à-vis : « J'en lis tellement ! »

Le non-dit : « Tellement plus que toi ! »

Mais rien de tel qu'une deuxième étude américaine pour soutenir la première. C'est infaillible. D'expérience, je peux affirmer que je n'ai jamais eu à me rabattre sur une troisième pour avoir raison. Deux suffisent amplement. Avec Jeanne, une seule. L'étude n'a même pas besoin d'être américaine. J'affirme, c'est tout.

« Ah ! Manon, ton doute m'ouvre les bras de Jeanne. »

Ma vie est amusante. Je le dis souvent quand on me le demande. J'ai trente-neuf ans. Je gagne ma vie convenablement pour un inadapté, comme dit mon ami Claude. J'ai une vie normale. Je suis divorcé, j'ai trois enfants et je vis avec une femme plus jeune. Elle commence à peine à contester mes habitudes et mes défauts. Il lui a quand même fallu près de deux ans pour découvrir ce qui me manque pour être à la hauteur de ce qu'elle croyait.

Mais elle le découvre. Ce ne serait pas dramatique en soi, si elle ne le disait pas aussi souvent. Devant mes amis, en prime ; devant leurs femmes, surtout ! Elles ne manquent jamais de lui dire, avec la gentillesse perverse des premières épouses, que Claire ne l'avait pas eu facile...

Claire, la première madame Dumouchel, s'immisce ainsi dans ma nouvelle vie par les bons soins de ses consœurs, pour polluer ma douce. À les écouter, le passé plaint le présent. Elle serait même reconnaissante qu'une autre ait accepté l'épuisant fardeau de m'accompagner dans la vie. Dans les pires moments, la nouvelle douce va jusqu'à dire qu'elle commence à comprendre la madame ex.

Douée, la nouvelle! Moi, j'ai complètement échoué à comprendre madame la première. Dieu sait pourtant si je m'y suis consacré vraiment à temps plein; au moins les dix premières années! Après, je le reconnais, j'ai été moins constant dans l'effort. Pourtant, mes amis en conviennent, madame la première était un beau morceau.

Un corps de déesse, gloussait mon ami Claude. Ce cher ami! J'ai appris après mon divorce qu'il faisait ses dévotions à la déesse. Il a avoué, juste avant de prendre sa huitième bière à la terrasse de *La Moulerie*, trois mois après mon départ du nid conjugal. Les autres ont ri en me demandant si je lui en voulais: « Après tout, ce n'est plus ta femme. La femme d'un ami, c'est sacré. Mais pas une ex-femme! »

Est-ce que je lui en voulais? Bonne question... Pas vraiment! Le bonheur d'une ex signifie la liberté.

Ah! mon ami Claude, toujours prêt à rendre service! Mais pas assez pour prendre le relais ni l'ardoise... Juste assez pour profiter de l'occasion. J'aurais bien aimé qu'il s'installe pour la consoler. Cela m'aurait épargné tellement de soubresauts; comme le faux cancer, le faux suicide, la méchante avocate, la délégation des enfants en mission de paix et prônant la réconciliation.

– Maman serait tellement mieux... Nous aussi!

– Oui, mais moi?

– Toi? Mais toi aussi! Tu n'es pas heureux, maman le dit tous les jours.

Avais-je quitté madame la première pour être plus heureux? Pour être heureux, peut-être; pour être ailleurs, sûrement! Les dernières années, je rêvais de ma vie à ma vitesse, sans limites de défauts. Plein de défauts, mais bien ainsi. J'avais, je le confesse, complètement occulté ce fait : les hommes ne partent jamais seuls. Rarement. Exceptionnellement.

Mademoiselle deuxième était dans les parages ; elle attendait ce moment avec la joie viscérale des amoureuses naïves.

C'est ainsi que j'ai commencé ma deuxième nouvelle vie, ordinaire et quotidienne, avec la certitude de me retrouver dans mes affaires et à mon rythme. J'ai pris pour de la nouveauté ma recherche d'un appartement ; pour de l'aventure, mon premier lavage. Bon ! Mademoiselle deuxième a ri de bon cœur quand elle a découvert que j'avais mis ensemble les couleurs et le blanc. Un classique mâle. C'était la douce époque où mes erreurs étaient attachantes. J'étais son nouveau défi : faire de moi un nouvel homme, me ressusciter, voilà ce qu'elle me réservait ! Il faut l'entendre maintenant raconter l'incident pour comprendre que c'est le temps qui fait défaut. Deux ans, ce n'est pas beaucoup, c'est suffisant. C'est le temps qu'a mis Manon pour commencer à se comporter comme une épouse. C'est-à-dire pour trouver que les imperfections de l'homme prenaient vraiment beaucoup de place.

Tiens ! Mon sermonneur me parle.

Quand il le fait, c'est généralement pour me dire des trucs d'un chiant innommable. Je suis mon propre sermonneur ; ce n'est pas ma conscience, c'est pire. Avec la conscience, tu peux toujours arriver à une entente, faire un compromis. Ça se saoule, une conscience. Certains disent même que ça se corrompt.

Mais le sermonneur est un abominable oiseau intérieur, il ne se mêle pas de ses affaires, mais toujours des miennes. « Ce sont les mêmes, imbécile ! » Il ne me passe rien. Suis-je en contradiction ? « Tiens, regarde ! » me dit-il. Suis-je porté à une toute petite mauvaise foi ou à une légère exagération ? Il plante son doigt dedans. Ai-je une velléité ? Le sermonneur monte au créneau dans ma tête pour me dénoncer. Du plus petit au plus évident. Tolérance zéro. Jour et nuit, il lève des barrages dans ma vie pour me faire passer, par surprise, le test de l'honnête homme. Après, le salaud m'enlève des points, me suspend mon permis de vivre. En plus, il me colle une prime de perte d'assurance. Il me fait douter, le misérable. J'ai tout essayé – enfin presque tout – pour le semer, le confondre, voire le supprimer. Il vole plus vite que mes balles et me chie sur la tête en riant quand mes munitions viennent à manquer.

En plus, c'est un sermonneur adulte. Il a le même âge que moi. Lui survivre, à ce vilain coucou, mon rêve!

Donc, je pars avec Jeanne. Justement, j'étais en train de lui raconter que je suis un lève-tôt: quatre heures trente du matin. Le sermonneur me souffle: « Oui, mais tu te recouches à huit heures et tu arrives à ton premier rendez-vous à dix heures trente. »

Alors, je me sens obligé de préciser: « Je fais une petite sieste le jour. » Heureusement, ma sieste n'attire pas l'attention de Jeanne, elle a encore la bouche ouverte pour laisser passer sa surprise.

– Quatre heures trente du matin?

– Mais oui, quatre heures trente du matin. Les énergies sont montantes, les idées sont claires. J'aime sentir cette liberté quand le jour se lève.

« Surtout prendre quatre cafés, fumer dix cigarettes et manger des biscuits », ajoute le coucou.

Elle répète: « Quatre heures trente du matin! Tu vas me réveiller à quatre heures trente du matin! » Oups! Alerte rouge.

– Sauf quand je suis en congé auprès d'un être exceptionnel.

Celle-là, c'est la parade de base, *basic*, comme disent les Français. Le coup de l'être exceptionnel, c'est la première ligne de défense. S'il faut davantage, je déploie l'attaque poétique.

« Un être exceptionnel, une source magique et tellement rêvée, retrouvée après quelques vies dans le désert. »

Quand même, ne pas oublier aujourd'hui d'éviter le café après quinze heures. La route défile en direction d'Ogunquit, cachette de cette aventure. Je raconte ma vie. La sienne, trop jeune, n'a pas d'histoires. Pour l'instant, elle boit ma vie comme une bonne sangria par trente-trois degrés Celsius.

Je raconte le métier, journaliste. Je révèle mes faits d'armes. Quelques *scoops*. Le scandale du stade. Moi. La caisse occulte du ministre. Moi. Deux cents kilomètres plus tard, elle sait une chose importante : elle ne voyage pas avec n'importe qui. Le PM prend mes appels. « Tu parles au premier ministre ? »

Mon regard confirme.

Dans le silence suivant ce long exposé biographique, je commence à penser que ce soir, je vais déguster cette douce peau. Revivre, encore une fois, la terrorisante première fois de l'intimité. Le prélude et le postlude. « Qu'est-ce que tu dis ? » me demande le sermonneur.

Le prélude et le postlude.

Le prélude. Forme de préparation servant à faire patienter le mâle et à réveiller la femelle. Je me répète que je prodigue le meilleur cunnilingus en ville. Les hommes, me disent mes femmes amies, se privent d'offrir cette gourmandise à leur conquête. Ils ravagent le mamelon et pétrissent les seins, comme si la pâte à modeler de la prématernelle leur revenait en mémoire. Regarde, mademoiselle, le beau petit chat !

Le postlude. Si seulement je pouvais connaître l'inventeur du postlude ! Les femmes, a-t-il révélé, grimpent en plateau et redescendent lentement. On dirait qu'elles ont peur des hauteurs, l'homme doit donc les aider à redescendre. Le problème historique, s'il en est un, serait que les hommes montent vite et redescendent vite. Pour dormir, évidemment. Aussitôt redescendus. Alors aussi bien le dire, le postlude, c'est comme du bruit dans un rêve.

– Tu dors ?

– Bien oui, c'était tellement bon !

– Tu me laisses là, toute fébrile…

– Mais non !

– Mais oui ! Ne dors pas, ne me laisse pas seule.

– Regarde, je suis là… et las !

– Non, tu n'es pas là, tu dors. Merde ! Tu es comme les autres.

– Les autres ! Quels autres ? (Réveil du mâle.)

Tout cela pour dire que j'espère que Jeanne postludera vite. Avec les années, j'ai mis au point une stratégie postludienne qui me fait repousser le sommeil de neuf minutes : le temps alloué au postlude des dames. Les longues postludiennes continuent de rechigner ; les autres apprécient et ne me parlent pas quand je dors.

Pour ma défense, il faut savoir qu'une étude américaine prouve que cette propension au dodo après l'amour n'est pas un fait égoïste, mais une réalité purement biologique. Enfin une étude utile, disent mes copains. Où est-ce que j'ai lu celle-là ? J'en lis tellement…

« Tu ne vas quand même pas te croire ! » murmure l'infâme sermonneur.

Il m'énerve. Dieu qu'il m'énerve !

Elle est belle. Jeanne s'est assoupie malgré la beauté de cette route conduisant au Maine.

Je me dis que je vais l'honorer avec toute la sensualité dont je suis capable. Je vais même lui faire le cadeau d'un postlude super long. Disons quinze minutes. Puis je me mets à compter. C'est quand même long, trois jours ! Soixante-douze heures. J'en dormirai vingt-quatre. Nous baiserons sûrement quelques fois. Disons dix heures. La pensée des trente-huit heures à meubler me terrorise soudain.

« Tu feras comme d'habitude, tu t'inventeras une vie, tu créeras un moment magique. Tu feras semblant que tu es totalement présent. » Le coucou n'a pas besoin d'en dire plus. Je connais le programme.

Pendant soixante-douze heures, quelquefois plus, je suis l'homme le plus magique du monde. Poétique, stimulant, drôle, sensuel. Tellement, que j'ai dû recourir après coup à de brillantes parades pour quitter ces moments magiques sans me démasquer.

En trois jours, elles n'ont pas le temps de découvrir que les outils sont un mystère pour moi et que j'ai peu de talent pour « l'ordinaire », comme disait ma défunte grand-mère. L'ampoule du placard s'éteint, je fais sans ; je connais par cœur la place de mes vêtements sur le plancher. Je suis capable d'une patience exemplaire avec les plis de mes pantalons ; j'ai mis au point des stratégies efficaces pour camoufler les taches sur mes chemises.

Je ne vis pas dans le désordre, je ne le vois pas ! À ce jour, j'ai vécu avec deux femmes. Je n'ai pas changé. Tandis qu'elles, alors là ! Ce qu'elles ont changé, les démones !

Dans le fond, je préfère la fraîcheur des premiers moments, le doux délire de la conquête, la folle insouciance de l'admiration que j'inspire les premiers jours, les premières semaines, voire les premiers mois. Maximum vingt-quatre, si je me fie à madame ex et à mademoiselle deuxième.

Jeanne ouvre l'œil pour me dire :

– N'oublie pas de prendre deux chambres, ce soir.

– Deux chambres... Évidemment, Jeanne... Je ne voyais pas les choses autrement. En fait, j'avais prévu qu'une suite avec deux lits ferait l'affaire.

– Je préfère dormir dans ma chambre. Tu sais, l'intimité est une conquête. Et puis, tu te lèves tellement tôt !

– Je suis content que tu penses comme ça. Certaines rencontres sont trop précieuses pour laisser le désir les gaspiller. J'ai eu raison de croire que tu es une femme de valeur... Je ne passerais pas ce week-end avec toi s'il en était autrement. Ta magie me détend... Je sens que je dormirai tard. Mais en même temps, mon âme sera fébrile… Peut-être m'empêchera-t-elle de dormir.

– Je suis tellement fatiguée des hommes en rut. Tu es le premier qui me parle de son âme.

– Tu sais, le sexe n'est pas la finalité. J'ai besoin de tellement plus que cela pour me sentir bien ! J'ai besoin de connivence. J'ai besoin que l'amour soit au rendez-vous…

– L'amour, dis-tu ?

– Oui, l'amour. J'ai l'âge de le savoir : sans l'amour, le plaisir n'est qu'un spasme, un soubresaut vulgaire. Je ne veux pas cela. Je devrais dire que je ne le veux plus. Pour tout te dire, quand nous avons décidé de ce week-end ensemble, j'ai regretté. J'ai eu peur.

– Peur ! De quoi ?

– Peur de la passion aveugle. Peur du grand désir que tu m'inspires. Peur que ce désir m'empêche de te connaître. « Salaud ! » dit le sermonneur. Je monte la musique. Pas pour le plaisir, pour que le son enterre ce coucou bavard. Je l'entends quand même me dire que je suis le plus grand plein de merde de la planète.

Je lui réponds que je ne suis quand même pas venu à Ogunquit pour voir le lever de soleil et jouer les grands frères inoffensifs.

Depuis huit semaines, j'imagine son corps et je rêve du plaisir que j'y trouverai. Bon, d'accord ! Je ne croyais pas devoir déployer tout l'arsenal. Sa façon m'avait laissé croire que je n'aurais qu'à la cueillir ; jamais que je devrais la convaincre. M'avait-elle floué ou avais-je entendu ce qu'elle ne disait pas ?

Qu'importe. Je ferais ce qu'il fallait. Mes détours seraient malgré tout le plus court chemin pour lui faire l'amour. « *Promises make the fools happy!* » Ai-je dit cela ? Oui. Tout en caressant ses cheveux sans qu'elle retire la tête. Que dit-elle ? Je baisse le son. Elle murmure :

– Nous ne ferons pas l'amour ce week-end. Nous devons nous faire ce cadeau.

– Tu sais, j'ai l'impression de te connaître depuis toujours. Une vieille connaissance que je retrouve dans cette vie. Je ne sais pas comment nous saluerons ces retrouvailles. Je ne veux pas le savoir.

– Une autre vie, dis-tu ?

– Oui, regarde attentivement, tu verras bien…

Elle fixe le paysage. Je vois une émotion dans son sourire. Je me dis que si j'y suis obligé – mais seulement si – je remonterai nos origines aux Cathares, plus précisément dans la région de Toulouse. Puis, nous nous sommes revus au début de la Nouvelle-France et une fois dans une autre vie, à Paris. Chez Balzac. Chaque fois, nous nous sommes reconnus.

Le sermonneur se déchaîne : « Tu ne vas pas refaire le coup des Cathares ! Cette fois, je te le promets, je vais parler à voix haute, et elle m'entendra. Compris ? Non, mais ! »

Je sais qu'il ne peut pas parler à voix haute… Mais c'est tout comme. Il est bien capable, à force de crier, de me faire débander et de déployer ses détecteurs d'orteils, de coudes, de genoux. Bref, il peut utiliser son arsenal des petites douleurs, autant de manifestations visibles de l'invisible sermonneur.

Il l'a déjà fait. C'était avec Maude, la sœur de Claude, mon ami… Il ignorait que sa sœur était une femme. C'était à l'époque du cégep. C'est la première fois que j'ai entendu le sermonneur. Je caressais les seins de Maude en lui expliquant que je voulais devenir prêtre. Je prétendais à une vocation, ce qui était assez rare en 1978.

Plus je lui disais mon désir pour le service sacerdotal, plus elle s'ouvrait à mes caresses adolescentes. Mais passons. Elle m'aurait sans doute pardonné le sacerdoce, mais le mariage avec madame première, elle n'a pas pu. Vous dire comment le coucou s'y est pris pour interrompre mes velléités de coït ! Un monstre. Il priait dans ma tête. Oui, il priait ! Comment conserver ma rigidité phallique en entendant le chapelet et le oui-non de la demoiselle ? Sans compter que je m'étais cruellement frappé le front sur un autre détecteur mis au point par le sermonneur.

Alors, je me méfie du prochain coup du coucou. La prière, il n'ose plus. Le remords chrétien ne m'atteint pas, il le sait. Enfin, pas toujours. Bon, quelquefois, mais sous une autre forme, dite morale humaniste.

J'aperçois le panonceau : *Ogunquit 45 miles.* J'avoue qu'elle me prend par surprise, la petite. Je travaille tous les plans. Je me récite un poème mille fois utilisé : « Lèvres d'Éros. » Chaque fois que je le récite à une belle, je me contente de dire : « Vois comme tu m'inspires... J'ai pondu ces quelques vers en pensant à toi. » Neuf fois sur dix, elle me croit. Bon, d'accord, sept fois sur dix. C'est quand même bien. La poésie fait plus d'effet que le compte en banque. Plus d'effet, mais moins longtemps. Toutefois, je ne vise qu'un week-end, c'est le temps que dure l'effet de ma sensibilité poétique... L'argent, c'est l'effet durable, mais ma situation financière ne tient pas la route. Bien sûr, American Express me permet de faire diversion. Mais un mois, c'est vite passé. Puis, je ne voyage pas léger ! Madame la première a pris une option alimentaire ; les trois jeunes, quoique n'ayant pas demandé à naître, ne cessent de demander depuis qu'ils sont nés. Donc, je suis pauvre, mais avec du panache. Et du goût pour les bonnes et belles choses. La torture moderne : savoir que les bonnes choses existent, y avoir goûté, en vouloir encore. La goutte chinoise de la consommation rend fou à la fin.

Ogunquit... *Next four exits.* Je prends la première. Pour tout voir et parce que je n'ai aucune idée où je vais. Je n'ai pas aussitôt dit : « Nous y serons bientôt », que la voiture claque et grogne. Merde ! La belle dit : « Qu'est-ce ? »

Je réponds : « Une crevaison ! » Pas d'erreur possible, c'est une crevaison. Je suis déjà en sueur. Je n'ai jamais changé un pneu de ma vie. Habituellement, j'abandonne le véhicule.

« Relaxe. » Mais elle n'est pas tendue. Il y a un homme à bord, pourquoi s'en ferait-elle ? Si seulement elle savait ! *SOS Save Our Shit.* Je sais qu'en principe, il y a à bord tout ce qu'il faut pour changer un pneu. Je l'entends : « Vous autres, les gars, c'est comme un jeu pour vous. »

Je descends sur ces bons mots et me dirige vers le coffre arrière. Le sermonneur rit : « Ouvre le coffre, mon beau, ouvre ! » J'ouvre. Le coffre est plein : les valises, des dossiers, un sac à ordures rempli de mon dernier nettoyage de voiture. Qu'est-ce qu'il fait là ? Trois bâtons de golf, il m'arrive de frapper des balles sur un terrain d'exercice. Mes gants de ski, du lave-glace... Une pelle, les *traction aids* ; nous sommes en juillet, et mon coffre est prêt pour l'hiver. Mais une crevaison, je ne suis jamais prêt pour ça... Je me souviens soudain que ma voiture est encore chaussée de pneus d'hiver. J'avais la tête ailleurs quand le moment est venu de préparer la voiture pour l'été. Depuis, je me suis habitué au ronronnement des pneus d'hiver sur le bitume chaud de l'été.

J'entreprends avec appréhension de ranger le contenu du coffre sur l'herbe. Elle sort la tête pour me demander en riant si je veux un coup de pouce. Non, pas vraiment. Je veux une autre voiture, voilà ce que je veux !

Quand le coffre est vide, je constate qu'il l'est vraiment : pas de trousse, pas de pneu de rechange. Journée de vingt-huit degrés Celsius, je sue comme s'il faisait quarante à l'ombre. Puis, l'éclair de génie : j'enlève le tapis gris qui cache une plaque de plastique, sous laquelle apparaît dans sa splendeur le pneu de rechange. Il faut retirer cinq boulons. Je n'ai pas d'outils. Pourtant, il paraît qu'il y a une trousse dans le coffre. Je tâte le fond, glisse ma main derrière le pneu. Je vois sur le côté un truc, gris lui aussi. Je tourne. Le panneau tombe. Eurêka ! Une trousse noire. Dedans, tout ce qu'il faut, sauf quelqu'un d'habile. Je reviens vers la voiture. Je dis : « J'ai chaud », avant d'annoncer qu'il me faudrait un cellulaire. Elle demande pourquoi. En une fraction de seconde, je renonce à lui faire l'amour et éclate dans un torrent de mots vulgaires. Une colère! Une panique serait plus juste, une panique totale. Le cellulaire pour appeler qui, au juste? Personne, mais au cas. Au cas quoi? En tout cas!

Je prends le cric. Misère noire! Je soulève la voiture. Elle monte doucement. Voilà! Le pneu est libre. J'essaie de déboulonner. La roue tourne à vide. Je demande à Jeanne de sortir immobiliser la roue. Elle me dit qu'il serait plus simple de redescendre la bagnole, d'enlever les boulons, de remonter la bagnole, de retirer le pneu crevé, de placer le pneu de rechange... D'où elle sort, celle-là? Une heure et demie plus tard, j'ai remis les valises et mes traîneries dans le coffre. Je démarre. Jeanne sourit. Elle a vu ce que je voulais cacher. Qu'importe. Passons maintenant à l'opération corps à corps.

Elle chuchote qu'il serait nettement plus prudent d'arrêter à une station-service pour faire réparer le pneu crevé. Je dis que cela peut attendre à demain. En fait, cela attendra cinq mois. Je me rendrai compte alors que j'avais laissé le pneu crevé dans l'herbe, le long de la route, près d'une sortie pour Ogunquit. Cette fois-là, le coucou n'a rien dit. Je payais pour un défaut, alors qu'aurait-il dit de plus? « Tiens, misérable! » Mais il s'est abstenu. Heureusement!

Chapitre II

UN MATIN tu te réveilles… t'es vieux. Si je le dis, c'est que je le sais. C'est récent, mais je le sais. J'ai quatre-vingts ans. Je referme mon journal. Madame Simone rit de bon cœur de mon périple vers Ogunquit, et l'abbé Perron répète : « Je veux une pipe, je veux une pipe ! » Bien attachée à sa chaise, madame Samson fixe le plancher ; un filet de bave coule de sa bouche parce qu'elle sourit à ses souvenirs confus. Elle siffle en même temps, parce qu'elle ne parle plus depuis deux mois. C'est arrivé comme une fatalité. Avant elle disait : « Bonjour chéri », maintenant elle siffle. Quand nous lui parlons, elle siffle plus fort, c'est tout. Madame et monsieur Beaulac complètent mon auditoire de ce lundi matin. Charmant couple de quatre-vingt-trois et quatre-vingt-cinq ans, les Beaulac sont arrivés depuis peu à notre centre du dernier âge. L'âge d'or, mon œil ! L'âge ne dort plus.

Puis il y a Julie Quesnel, la magnifique Julie. Et madame Simone, qui est seulement vieille ; elle vit ici sans raison apparente. En assez bonne santé pour ses quatre-vingt-cinq ans, et alerte. Mais ses enfants l'ont convaincue qu'elle serait mieux avec des gens de son âge. Ils ne pouvaient pas la garder. C'est vrai que c'est salissant. Elle a accepté, sans rien dire, ce dernier déménagement, parce que les enfants semblaient inquiets de la savoir seule. Coupables aussi, sans doute ; cela vient avec la vieillesse des parents. C'est le grand relais de la culpabilité. Les parents passent le témoin. « À votre tour! Nous étions coupables quand vous étiez jeunes, soyez coupables maintenant que nous sommes vieux. » C'est le « quatre fois s'en faire », comme on dit « quatre fois cent mètres ». L'épreuve olympique de la vie, sans test de dépistage. Personne ne jouerait, autrement. Le dopage est de règle. Tiens! Même ici, ils nous gèlent joyeusement. Petite pilule pour ci, petite pilule pour ça. « Prenez, Monsieur Chose, comme m'appelle la petite nouvelle aux seins généreux et au parfum d'air frais. Prenez, vous allez tellement bien dormir! » Mais je ne veux pas dormir à vingt heures! « Mais oui, mais oui, Monsieur Chose, vos amis dorment déjà! » Alors, je fais comme si et je retire la pilule dès qu'elle sort. Je garde mes cachets pour ma fille cadette, elle les aime. J'attends que la ronde de la dope se termine et que le personnel se cache dans le salon des bénéficiaires, comme ils disent, pour me relever et retrouver sans bruit la belle Julie. Elle a quatre-vingt-deux ans. Nous parlons jusqu'à tard, quelquefois en nous tenant la main. Elle me raconte ses voyages, moi, les miens. Il y a tellement à dire sans rire ni pleurer. Raconter pour revivre. C'est tout et c'est plaisant. Je le confesse, malgré notre âge avancé, nous rions et nous faisons des plans. Comme celui qui nous occupe depuis une semaine et qui consiste à partir un soir, prendre le train pour la Gaspésie et revoir le rocher Percé. Pour le rocher. Tous les deux, avons-nous découvert, y avons effectué notre premier périple. Moi en auto-stop, elle en train. Moi à seize ans, elle à dix-huit. Nous étions là en même temps, semble-t-il.

– C'est vrai, ce que tu lis? C'est vraiment ton journal de bord que tu nous lis de temps en temps?

– Oui, une partie... Je n'ai pas tout écrit.

– Pourquoi?

– Parce qu'un jour, je n'ai plus voulu me souvenir.

– Alors, la belle Jeanne... À Ogunquit, est-ce que tu es parvenu à la convaincre de faire l'amour avec toi?

– Oui.

– Tu étais un génie de la séduction, n'est-ce pas ?

– Non, pas vraiment. Jeanne était une nymphomane qui commençait par dire non pour ne pas faire peur aux hommes. Une diablesse de rusée. J'ai failli y laisser ma peau.

– Une nymphomane ! Le rêve, mon homme ! Le fantasme de tous les beaux et laids de la planète.

– Tant que tu ne touches pas aux boutons de démarrage ; après, c'est le cauchemar.

Je raconte à ma bienveillante amie la première heure dans ce lit américain, au bord de la mer froide du Maine.

Puis la deuxième… Puis la huitième. À ce moment-là, j'avais fait le tour de toutes mes perversions ; mon imaginaire érotique amorçait une traversée du désert, sur le dos d'un désir épuisé, affolé et vaincu, pour le reste de ses jours, me semblait-il. Le rut de Jeanne était une brute. Intraitable. Encore. Encore. Après quinze orgasmes, le jus coulait toujours entre ses jambes. Incroyable, mais moi je devais me résoudre à m'épuiser la langue, tellement la Fameuse avait foutu le camp devant la ténacité de l'ennemi.

– Chevalier de la verge dure, un mythe, ma vieille, un vrai mythe ! Je dois à ma lâcheté d'être encore vivant aujourd'hui.

– Ta lâcheté ?

– J'ai prétexté une idée folle, un truc pour continuer à profiter de son corps, un *god* magique que je trouverais dans une boutique du sexe au village, je serais de retour dans dix minutes. Le temps qu'elle se caresse en imaginant le pire jouissif. Elle râlait de complicité et m'a laissé partir, non sans avoir englouti ma molle virilité une autre fois. J'ai couru à la voiture et me suis sauvé, direction le Québec, en laissant derrière mon bagage de poète quadra et d'époux infidèle. Bien conscient que ma vie de matou venait de changer pour toujours. J'avais soudain le matou moins sûr de lui. Il n'est pas bon pour l'homme d'épuiser son désir d'un seul coup. Pendant plusieurs années, j'entendrai la voix de

Jeanne me disant : « Tiens ! C'était juste ça : un autre modèle non rechargeable ! »

– Tu vas raconter cette histoire à nos amis ?

– Non. Bah ! Peut-être...

Je m'approche d'elle et de son lit de centre d'accueil pour lui caresser la main et poser ma tête sur ses épaules. Sa main glisse dans mes cheveux blancs. Enfin ! Dans ceux qui ont tenu la route à ce jour. Je n'ai plus rien à dire, et elle non plus. Nous savons l'essentiel de cette tendresse, nous savons qu'elle sert à nous éviter la très évidente mort... qui, sans doute, ne nous épargnera pas la dégénérescence avant de nous prendre. Dommage ! Alors, nous pleurons ce que nous voyons tous les jours sur cet étage de vieux oubliés.

« Monsieur Dumouchel... Espèce de vieux cochon ! Veux-tu bien laisser madame Quesnel tranquille ? Retourne dans ta chambre ! »

Le réveil est brutal parce que cet infirmier, qui sent la folle à plein nez, me tire par le bras en continuant de me dire les pires choses. Julie proteste que nous ne faisions rien de mal.

« À votre âge ! » crie la gazelle des soins infirmiers nocturnes avec l'indignation de ceux qui gèrent la normalité.

– Je vais le dire à vos filles.

– Elles s'en foutent, mes filles ; et mon fils aussi s'en moque totalement. Tant que je ne leur demande pas de venir me chercher pour une balade chez eux. Je peux faire comme bon me semble, y compris fuguer dans le village gay, si ça me chante.

Bon, d'accord, ça ne lui plaît pas. Il me ramène une claque derrière la tête.

– Ta gueule, vieux crisse !

Incongru. Le Christ est mort jeune.

Mais je continue en lui disant qu'il n'a pas le droit de me toucher. Je crois qu'il me répond de me plaindre à la SPA si je ne suis pas content...

C'est là, je crois, que j'ai décidé de le tuer un de ces quatre. Quelque chose me disait que comme j'étais condamné à la mort, on ne pourrait pas me condamner à la vie pour si longtemps que ça.

Cette nuit-là, je n'ai pas dormi beaucoup, parce que je faisais des plans. La gazelle mourrait, mais à ma manière. Les mots tuent, c'est bien connu. Ma vie de journaliste m'a appris cela. Le lendemain matin au réveil, la jeune préposée vient prendre le relais de la folle de nuit et me secoue pour me dire de me lever : « C'est l'heure ! »

C'est toujours l'heure, ici. L'heure du bain, l'heure du repas, l'heure de la dope, l'heure de la messe, l'heure de marcher, l'heure de s'asseoir, l'heure des bénévoles et de leurs jeux de société.

Nous en sommes à l'heure des loisirs.

– Allez, Monsieur Chose, c'est votre tour de lancer la poche. Allez, vous êtes capable. C'est beau ! Encore, Monsieur Chose... Donnez la poche à madame Guertin...

– Non, je ne donnerai pas la poche à madame Guertin. Tiens, je me sauve avec ma poche, juste pour te faire chier, grosse conne, avec ta cinquantaine pleine de bonne volonté.

Un spasme. Je viens d'avoir un spasme. C'est difficile de ne pas avoir de spasme, ici. Avec l'âge qui me fait jouer au jeu de poches avec des vieux et des vieilles ressemblant comme deux gouttes d'eau à ce que le temps me réserve demain. Si ce n'est pas tout à l'heure. Vite arrivée, la démence. Il suffit parfois d'un lancer de poche de trop et hop ! C'est fini. Je cherche Julie. Elle n'est pas dans la salle commune. Je lance la poche au fond de la salle pour occuper la bonne dame. Et je me sauve. Une autre me rattrape, le sourire accroché à son impatience, pour la cacher autant que sa bonté le lui suggère.

– Où est-ce que vous allez, Monsieur Dumouchel ?

– À la chapelle !

– À la chapelle ! Ce n'est pas l'heure de la messe, encore.

– Oui, mais je veux être seul.

– Attendez donc la messe, mon bon monsieur, c'est pas encore l'heure. Là, c'est bientôt l'heure du dîner.

Je ne lui dis pas que je cherche Julie, qui pourrait s'y trouver. Je dois lui parler. La Gaspésie, le train… C'est de plus en plus vrai. Il y a cette lettre que je veux écrire avec elle. J'ai une idée pour la gazelle… Une horreur, certes, mais il la mérite.

Julie, ma belle et vieille amie, où te caches-tu ?

« Bon, d'accord ! » me dit la bienveillante personne qui fait le calcul suivant : un fou de moins à amuser.

Elle n'a pas tort. Je suis encore capable de m'amuser par mes propres moyens.

Je trouve Julie à la chapelle, les yeux mi-clos, la tête ailleurs. Ses lèvres prient. Curieusement, nous n'avons pas prié de notre vie, ce n'était pas de notre âge ; maintenant, cela le devient. C'est con. « Viens avec moi, je vais continuer l'histoire. » Le sourire qu'elle me fait ne peut pas mentir. C'est un vrai. Nous remontons vers la salle des bénéficiaires de notre étage, le troisième ; avec le deuxième, il regroupe les cas les plus lourds. Nous nous y retrouvons parce que les étages de cas légers sont pleins à craquer et que ça ne meurt pas beaucoup, par les temps qui courent. Ce n'est pas la saison. Ils nous ont un peu oubliés là, et les nouveaux prennent les places qui se libèrent aux étages légers.

Ils sont plus nombreux que d'habitude à se bercer. Je dis bonjour au bon curé qui me répond : « Je veux une pipe, je veux une pipe ! » Je m'approche doucement : « Mais oui, monsieur le curé, il vous a fait une pipe. »

Et je lui chantonne : « Il me fait une pipe, il me fait une pipe. » Le sermonneur, qui ne me parle plus beaucoup, me demande si c'est une bonne idée. Je lui réponds qu'on peut bien s'amuser à y penser. Le vieux curé n'est pas fiable et n'apprendra pas vite. Mais le sermonneur a vieilli aussi, il n'insiste pas. Brave lui-même !

Je retrouve ma page, ma voiture et ma fuite d'Ogunquit.

Chapitre III

J'AI VINGT-QUATRE HEURES devant moi pour trouver une histoire plausible. Mais d'abord, mettre de la distance entre la furie de Jeanne et moi; ensuite, me reposer de cet assaut physique éroticopsychotique.

Je me fais la promesse de mettre au point un test qui me protégera, la prochaine fois, de ces désirs de femmes consommatrices inassouvies de corps mâles et de pénis naïfs.

Je quitte la zone pour me diriger vers Kennebunk, un autre village de la côte du Maine. Je trouve un motel « avec vue », comme ils disent. Je stationne et je me dis que je dois tout de même aller chercher du dentifrice, une brosse à dents, une brosse à cheveux… Ma barbe *euro trash* peut vivre encore deux jours sans la tonte sophistiquée que ce genre désinvolte commande. Le style négligé est finalement assez exigeant.

Je m'inscris, donne ma carte American Express à deux semaines de sa date d'expiration, je prends la clé. Je trouve la chambre avec vue sur un autre motel qui, lui, a vue directe sur la mer. Qu'importe. Je me couche et m'endors vite. Puis je rêve. Jeanne attache mon pénis, le découpe en me disant: « Je le garde pour plus tard… » Sursaut et tachycardie. Je me rendors après un verre d'eau et un soupir de soulagement. Elle revient, mais cette fois elle n'est pas seule. Sa sœur ou une amie, peut-être sa mère. Non, c'est Manon qui me dit: « Tu aimes cela, mon cochon! Bien je vais te faire passer le goût! » Elle sort une langue pleine de ventouses et aspire mon pénis jusqu'à ce qu'il se vide plusieurs fois. Elle danse devant moi avec sa langue pendante et menaçante. Je veux crier, pas un son ; je veux courir, je suis paralysé. Elle s'approche de nouveau, je râle, je gémis, puis j'ouvre les yeux. Personne. Il n'y a personne. Si ce n'est cette surprenante érection que mon réveil laisse en plan.

« Tu ne vas quand même pas te masturber ! » dit le sermonneur.

Non, mais non. Je veux seulement dormir... Mais c'est vrai que ça aide à dormir. Sur ce...

Quand j'ouvre les yeux, il est cinq heures du matin. Nous sommes dimanche, et j'ai dormi douze heures. Douze heures infernales. Je n'ai jamais tant rêvé. Comme si ma forteresse intérieure avait été attaquée de toutes parts. Je ne suis ni reposé ni fatigué, seulement engourdi. Je prends une cigarette, et ses volutes figent mon regard comme une vision d'horreur. Je vais reprendre la route ce matin et retrouver ma douce Manon, elle ne mérite pas, malgré tout, ce petit détour mensonger. Mais ce n'est pas une question de mensonge ni de mérite, seulement un sursaut du naturel mâle qui, de temps en temps, donne des ailes à une mauvaise idée de séduction.

La route est belle et me donne le temps de penser à ma vie avec Manon. J'aime ce que nous construisons ensemble. Cette maison dans Outremont que nous rénovons ; ce décor que nous avons imaginé, ni trop tendance ni trop ancien, seulement vivant. J'aime ses cheveux et nos repas à deux.

Pour les repas de famille, on repassera. Mes enfants n'aiment pas Manon, mais le cachent assez bien pour que nos repas aient quand même des allures de famille normale. Elle ne les aime pas vraiment non plus. Au début, elle était comme tous ceux que l'amour précipite dans la parenté avec des étrangers. Elle faisait un effort. Pour moi. Puis, petit à petit, elle a cru qu'ils avaient hérité de mes failles et les a trouvées plus insupportables chez eux que chez moi. Bref, elle trouve mes défauts transmissibles et ne veut pas d'enfant de moi. Ce qui fait bien mon affaire, mais m'indique que nous ne ferons pas longue route ensemble. Le tic-tac de l'horloge biologique l'extirpera de mes bras pour la conduire dans ceux d'un sympathique géniteur, prêt à commettre la reproduction pour quelques nuits d'amour fou, qui découvrira trop tard qu'un spermatozoïde peut devenir extrêmement bruyant et grouillant.

Je me dis cela, mais en même temps, je redoute le moment où Manon s'éloignera, me laissant sur le dos la redoutable conviction que je n'ai pas beaucoup de talent pour la vie amoureuse. La persévérante, s'entend. Celle qui dure longtemps, comme dans le temps. Le temps de qui, je l'ignore, mais « comme dans le temps », c'est tout dire!

Je passe la frontière facilement. Rien à déclarer. Surtout ne rien déclarer. D'autant plus que j'entre dans la phase coupable de mon périple. Celle qui me fait penser à ma douce avec tendresse. Celle qui me montre ses magnifiques yeux et me fait entendre le son de sa voix quand elle est joyeuse. Celle de mes doigts dans ses cheveux blonds. Bon! Ils sont teints, mais ce n'est pas une raison pour ne pas m'attendrir... Qui peut se vanter de connaître la couleur des cheveux de son amoureuse?

Je quitte mes rêveries romantiques pour un constat plus prosaïque; plus ennuyeux, aussi. Dans ma fuite, j'ai laissé mon bagage. Mon sac et aussi mon ordinateur. Merde. Merde et merde. Mon ordinateur. J'ai laissé aussi mon ordinateur! Non, mais Dumouchel, quand tu paniques, le brave, tu paniques! T'es parti en courant et en laissant ton ordinateur dans la chambre. « Dans cet ordinateur, il y a ton reportage sur les changements de zonage dans la nouvelle ville de Montréal », me rappelle le sermonneur.

Je me mets donc en mode solution. Plutôt en mode survie. Que dire à Manon pour expliquer que j'arrive les mains vides?

Le vol dans ma voiture. Que dire à Jeanne pour récupérer mon lot ? Oups ! Jeanne ! Je l'avais oubliée, la Jeanne. Occupé que j'étais à me faire une contenance pour Manon.

Il faut l'admettre : la situation devient complexe. « Tu es dans la Marne jusqu'au coup », comme dirait Devos.

Je m'imagine devant Jeanne, à lui raconter que tant d'amour m'a mis dans un état second, je suis tombé dans un gouffre, je voulais mourir de joie, je croyais que le bonheur ne pouvait pas durer. Je venais de vivre le summum, il ne servait à rien de continuer, il fallait que je parte mourir quelque part. Je n'ai jamais rien ressenti de tel avant de la connaître. Je vais préserver l'instant et l'inscrire à jamais dans ma mémoire.

« Pour t'en souvenir, mon Philippe, tu vas t'en souvenir ! » ironise le coucou.

Je me dis qu'avec un peu de chance et savourant l'intensité qu'elle a provoquée, Jeanne sera bonne joueuse, elle préférera la version flatteuse à la réalité du lapin que je lui ai fait vivre. Les gens optent souvent pour la version flatteuse.

Jamais la route d'Ogunquit ne m'a paru si courte. Je vis les six heures les plus rapides de ma vie.

Panonceau : *Granby*. Quarante-cinq minutes et je suis devant Manon. J'ai besoin de plus de temps. Dans le fond, pas vraiment. Un vol, cela a du sens. C'est humain. Cela arrive aux autres, donc cela peut m'arriver aussi. Je répète mon jeu. Ma colère. Ma déception. Mon travail dans l'ordi. Le sac je m'en fous, mais mon reportage ! Elle me parlera de sauvegarde. Je prendrai l'air contrit de celui qui avait été prévenu. Je serai humble et tellement content de la revoir parce que la vie chez les moines ne vaut pas son parfum, sa peau. Vêpres et matines ne valent pas une minute de nos soirs et de nos nuits. Tiens ! À ne pas oublier…

« Comment oses-tu ? Dis donc la vérité, c'est plus simple », suggère le misérable.

La vérité ! Tu dis la vérité ? La vérité n'est pas du tout indiquée dans ce cas, et elle est loin d'être simple. La vérité est très compliquée, tu sauras, mon cher. La vérité, facile à dire dans le fond de moi-même, sans avoir à sortir pour lui faire face. Sermonneur, mais pas brave. En tout cas !

Je dis « en tout cas » quand je n'ose pas dire *« fuck you »*, c'est la même chose dans mes codes de survie sociale.

Je continue de penser à Manon. Je sais que je l'aime. Je ne suis pas allé à Ogunquit avec Jeanne pour commencer un nouvel amour ; seulement pour vivre ma liberté et nourrir mes illusions. Mes peurs, aussi.

« C'est pour te prouver que tu es encore un bon chasseur. » Peut-être bien, sermonneur. Et alors ?

Je quitte l'horrible autoroute Décarie à la sortie Reine-Marie. Dans sept minutes, je serai rue Champagneur, dans ce semi-détaché que nous rénovons depuis deux ans. Nous avions à peine les moyens de nous l'offrir ; comme tous nos voisins, d'ailleurs, qui préfèrent Outremont au confort budgétaire et à la tranquillité d'esprit.

Tiens ! Il y a foule à *La Moulerie*. Comme toujours, quand le soleil chauffe la terrasse et les touristes. Je stationne dans ce luxe, à Outremont : un stationnement privé avec garage. Je descends. J'ai chaud. Je révise mon entrée en la matière d'autant plus que la voiture de Manon est là. Mais peut-être se trouve-t-elle à une terrasse avec nos copains, les habitués. Je me répète que je n'ai rien fait de bien grave. Je vais jusqu'à me dire que je n'ai rien fait du tout. Si j'attends un peu, je vais me croire, c'est sûr. Je suis allé écrire mon roman, en quelque sorte. Dans le fond, j'écrivais mon roman...

J'atteins la porte d'entrée. Elle s'ouvre. Manon est là avec deux policiers de la Sûreté du Québec.

– Ces messieurs viennent de m'apprendre que tu es porté disparu à Ogunquit.

Je regarde les deux policiers avec des yeux dont les ondes disent clairement: « SOS SOS SOS au secours! »

Je vais ouvrir la bouche, mais l'un d'eux me prend par le bras.

– Faudrait parler...

Je montre le sous-sol:

– Allons dans mon bureau...

J'ignore comment ces sons sortent de ma bouche. Une autre intervention du dieu des hommes!

Mais voilà Manon qui nous précède. Elle veut écouter.

Je meurs.

Vient ce moment où le condamné à mort accepte son sort. Le lâcher-prise, qu'ils appellent ce moment, dans les cours de croissance personnelle!

Mais le policier fait comprendre à Manon que son collègue et lui doivent d'abord m'entendre en privé.

La preuve est faite, le dieu des hommes existe. Il voit tout, sait tout et intervient pour s'assurer que la race mâle survive malgré les ruses du dieu des femmes.

Je m'assieds. Tout ce que je trouve à dire, c'est « merci! »

Je raconte tout. Le départ, les ardeurs de Jeanne, ma peur, ma fuite et ce retour misérable du romantique pathétique que je suis.

Un policier dit:

– Bon!

Ce qui signifie, dans le meilleur des cas: « Quel beigne, ce journaliste! Ils sont tous pareils, les intellectuels. Ils jouent les héros, mais ils ne sont pas doués pour la vraie vie. Tout dans la tête, sauf le jugement et le sens pratique. Ils prennent la baise pour de l'aventure, c'est dire comme ils sont déconnectés! »

Le deuxième dit:

– Pas simple, votre histoire!

Ce qui signifie: « Tu te débrouilleras pour expliquer! »

Nous remontons. Manon est assise au salon. Elle regarde dehors. En même temps, son regard est comme figé à l'intérieur.

En se présentant devant Manon, le policier, Jean, déclare : « Nos confrères de la centrale ont mal compris. Ce sont les bagages de monsieur qui sont à Ogunquit. Il a déclaré le vol aux policiers des Cantons de l'Est. De toute manière, nous allons tout clarifier. »

– Peut-être, mais j'avais des notes importantes pour un reportage dans mon ordi...

– Vous aviez une sauvegarde ?

– Non !

– Dommage ! La sauvegarde, c'est important.

– Je sais, je suis bête et négligent.

– Ce n'est pas moi qui le dis...

Ils partent.

– Qu'est-ce que tu faisais à Ogunquit ? Tu devais aller chez les moines de Saint-Benoît...

Allez savoir pourquoi, je raconte tout. Alors elle me montre mon ordinateur portable. Je crois que je l'avais laissé ici. Ainsi a commencé ma nouvelle vie. Une autre.

J'entends madame Pilon me dire : « Ça n'existe pas, une nouvelle vie ! », pendant qu'un filet d'urine glisse le long de sa cuisse pour se répandre au pied de sa berceuse.

Chapitre IV

Madame Pilon répète que cela n'existe pas, une nouvelle vie, quand Josette, une préposée, entre et lui dit doucement à l'oreille :

– Venez, on va vous changer, vous serez plus confortable.

Elle le dit discrètement, avec respect. Cela ne console pas madame Pilon, qui pleure doucement. Mais cela me console de la voir si humaine, cette Josette. C'est tellement facile, à force de nous voir croches et malpropres, d'oublier que nous ne mouillons pas nos couches mais notre fierté et notre dignité. Au même moment, un jeune homme entre et commence à nettoyer le plancher sous la berceuse de madame Pilon ; il lui demande de lever les jambes pour pouvoir bien essuyer.

– Vous aimez que ça sente le propre, ma petite madame, alors va falloir lever vos pieds pour que je puisse passer.

Ce n'est pas de la méchanceté, seulement un peu de jeunesse et un peu d'habitude.

– Juste une minute, nous partions, madame Pilon et moi.

Josette prend le bras de madame Pilon et l'aide à se lever. Elles partent à petits pas en parlant doucement. Les jeunes bras de Josette servent de chaleur et de support. Je n'entends pas ce qu'elles se disent, mais un sourire apparaît sur le visage de madame Pilon. Comme si l'inévitable pouvait devenir amusant.

Sans perdre une minute, le jeune homme commence le nettoyage du plancher du salon, et nous levons les pieds à tour de rôle. Nous lèverons les pattes un autre jour, manifestement pas aujourd'hui. De toute manière, nous n'aimons pas mourir le jour, nous optons d'habitude pour la nuit. Je le regarde travailler. Il siffle et ne regarde personne. Il est là pour nettoyer le plancher, pas pour nous. Nous ne sommes que les obstacles dociles qu'il trouve sur son parcours de huit heures avec sa cuve à roulettes ou sa polisseuse industrielle. C'est son gagne-pain. Il y a mieux. Il y a pire. Alors, il passe partout et laisse une petite odeur de pin.

Dans le fond, nous nous sommes habitués aux odeurs de l'étage, et le pin est nettement celle que nous préférons, Julie et moi. L'odeur de tabac accompagne certains vieux fumeurs impénitents. L'odeur de merde vient comme un vent, assez souvent après les repas, quand les incontinents ne se contiennent plus. L'odeur des parfums des vieilles qui quadruplent la ration pour se trouver belles et vivantes. Les résistantes. Elles mènent une guérilla de tous les instants à leur vieille peau et à leur nouvelle laideur. Je le confesse, je m'habitue plus facilement à l'odeur de la merde qu'à certaines parfumées dont les effluves m'étourdissent et me donnent des nausées.

Quelquefois, quand une porte de chambre s'entrouvre sur une agonie, l'odeur de la mort, sorte d'aspirateur des odeurs vivantes, gagne le corridor.

Tout cela pour dire que nous aimons beaucoup l'odeur Pinesol qui souligne le passage du jeune homme.

Quelquefois, Julie et moi, nous parlons des odeurs qui nous manquent et nous faisons le projet de les sentir encore une fois. Elles ont complètement disparu d'ici. Allez savoir pourquoi, la bouffe ne sent pas, la soupe aux légumes ne sent rien, la viande non plus, le café encore moins. Évidemment, il n'y a pas davantage l'odeur du pain qui cuit ni celle du bois qui brûle. Une fois par année, à la fête des Mères, nous sentons les fleurs, mais ce n'est jamais une bonne sensation, car elles sentent le salon funéraire. Mais comment dire cela à quelqu'un qui voulait faire plaisir à sa mère ou à sa grand-mère ?

« Vos fleurs puent à force d'arriver toutes en même temps. Votre présence aussi pue parce que vous arrivez aussi tous en même temps. »

Encore un spasme. Si peu. Si peu. Si peu. Nous sommes si peu à pouvoir dire quelque chose, et la plupart du temps, nous la fermons par crainte que le peu ne devienne rien.

Une bonne dame entre dans le salon que nous allions quitter pour dire justement que c'est l'heure du dîner. Julie, moi et huit autres pensionnaires de ce troisième étage avons nos places dans la salle à manger du rez-de-chaussée, réservée aux pensionnaires bien portants et autonomes. Ceux qui commencent à oublier peuvent encore manger dans cette salle. Nos autres amis mangent dans une salle commune à l'étage, où ils sont attachés à leur chaise pour ne pas tomber, nourris l'un après l'autre dans le marathon du repas. Ils sont quatre préposés à faire manger tout ce beau monde, trente-six personnes en tout.

Ils ont réparti le fardeau de cette manière : douze des trente-six sont jugés aptes à se nourrir seuls, même s'ils répandent la moitié du repas sur eux, le voisin ou le plancher. Ils finissent par manger assez pour que cela réponde aux normes. Le guide canadien de l'alimentation n'est pas vraiment accessible ici.

Les vingt-quatre autres reçoivent un repas constitué d'un mélange de soupe, de pain, de viande et de légumes dans une sorte de mixture qui a le seul mérite d'être un repas complet. Complètement dégueulasse. Pour ne pas mourir de faim. Chaque préposé nourrit six personnes en trente minutes. C'est le temps alloué car il y a beaucoup à faire.

Aujourd'hui, il y a seulement vingt-deux personnes. Madame Simard et monsieur Smith agonisent, ils ne mangeront donc pas. En fait, ils ne mangent plus depuis trois jours. C'est vrai que la morphine coupe la douleur et l'appétit. La morphine coupe et tranche. C'est elle qui a le dernier mot ; elle vole au secours des parents qui n'en peuvent plus de nous voir mourir. Il faut les comprendre. C'est la première fois que nous mourons, ils ne sont pas encore habitués à l'idée que cela arrive.

Julie, moi et les huit autres autonomes de l'étage nous installons devant l'ascenseur. Il faut généralement compter de quinze à vingt-cinq minutes pour se rendre à la salle à manger. Deux ascenseurs. Deux cents vieux et vieilles. Plus les chariots chauffants pour les repas servis sur les étages. Alors, nous attendons. De toute manière, nous n'allons rien manquer. Il n'y a pas moyen d'être en retard. On nous fait descendre quarante-cinq minutes avant le repas. Question de gérer la circulation et d'avoir le temps de retrouver ceux qui se sont perdus en sortant à un mauvais étage et qui n'ont plus aucune idée où se trouve la salle à manger. Ceux-là errent un certain temps, puis sont ramenés par l'escouade des bonnes dames, qui fait le tour des étages pour récupérer les égarés. Personne ne se formalise de ces détours. Cela fait partie de la vie quotidienne de tout le monde. Se perdre, se chercher, attendre. Rien de nouveau.

Certains peuvent même prendre l'ascenseur à plusieurs reprises. Ils montent et descendent.

– Où est la salle à manger ?

– Prenez l'ascenseur et descendez.

– Ah bon ! Je croyais que je venais de descendre.

– Mais non, vous êtes remonté.

– Remonté où ?

– Au quatrième.

– Moi, mon étage, c'est le quatrième.

– Oui, mais la salle à manger est en bas.

– Oui oui, en bas, je sais qu'elle est en bas.

Petit dialogue anodin, répété comme un rituel trois fois par jour.

La salle à manger donne sur un jardin et une terrasse. Les fenêtres sont grandes, les tables ont de jolies nappes. Ce sont des tables pour quatre personnes. Nous retrouvons toujours les mêmes compagnons de repas, qui nous sont attribués en même temps que notre place nous est assignée, à l'arrivée. C'est la loterie. Quelquefois tu gagnes, quelquefois tu perds... Moi, j'ai été chanceux. Il y a Julie, monsieur Chamberland et madame Dagenais. Nous nous entendons bien. Manière de parler, car madame Dagenais nous fait répéter de plus en plus. Mais c'est une charmante vieille dont le mari est mort, il y a des lunes, lors d'un voyage de pêche. Elle a élevé ses enfants avec l'aide d'un deuxième mari, un professionnel, mort aussi, il y a cinq ans, quand ils ont été placés ici.

Selon elle, il ne l'a pas pris et n'a jamais pardonné aux enfants d'avoir organisé cela. Mais elle croit que les enfants ont bien fait. Il leur disait: « Ne faites pas ça, vous allez me faire mourir. » Et elle ajoute: « On dirait qu'il a voulu montrer qu'il avait raison encore une fois. La dernière. »

Il était avocat. Il avait eu une carrière raisonnablement réussie dans un bureau moyen de Laval. Elle en parle avec tendresse, mais il est assez évident qu'il n'a pas été le grand amour de sa vie. Le grand amour était mort à la pêche, le salaud, pendant qu'elle accouchait du dernier. Elle lui avait dit, pourtant, de ne pas s'éloigner. Mais il était comme ça. Elle n'avait jamais eu l'impression qu'il était à elle totalement. Elle l'avait aimé follement et l'aimait encore follement quand elle berçait ses souvenirs...

Quand elle nous racontait certaines de leurs folies, ses yeux devenaient coquins, et ses sourires disaient tout. Elle ne se posait pas de grandes questions et ne se donnait donc pas de grandes réponses. Tête heureuse malgré les marques. Contente du passé. Vivant au présent. Sans vision de l'avenir. Donc, elle dormait bien et riait beaucoup.

Monsieur Chamberland était encore solide. Mais il perdait l'équilibre de temps en temps. Ce qui lui avait valu d'être admis ici, quand le centre local de soins à domicile avait jugé que ce type de services ne pouvait plus suffire. L'homme avait beaucoup à dire et son regard sur la vie se promenait encore avec humour et jugement. Il se tenait informé et lisait beaucoup. Tout ce qui lui tombait sous la main. Nous aimions donc parler de ce monde qui demeurait le nôtre, malgré notre vie ici. J'aime bien ce monsieur Chamberland. Yves et moi sommes devenus de bons complices, malgré des vies différentes. Il n'a jamais été marié et moi, je l'ai été trop souvent. À sa connaissance, il n'a pas eu d'enfant ; et moi, je n'ai jamais vraiment connu les miens. Il a été politicien ; j'ai couvert la politique avant d'y devenir consultant. Il a aimé son pouvoir, moi, le mien. Nous avons beaucoup en commun, malgré nos différences, car nous sommes encore vivants, alors que nous ne pensions pas nous rendre aussi loin. Nous avons découvert cela en parlant de choses et d'autres, en nous berçant sur la terrasse, l'été dernier.

Yves m'avait dit qu'il savourait sa victoire.

– Ta victoire ?

– Oui ! Je pensais que je partirais vite, vers l'âge de soixante ans. Puis j'ai eu soixante-cinq, soixante-dix, soixante-quinze, quatre-vingts… Je suis toujours là ! J'ai dépassé l'espérance de vie que je m'étais fixée.

– Pourquoi soixante ans ? C'est jeune !

– Pas pour moi. J'ai passé ma vie à trouver que soixante ans, c'était vieux et à croire que j'en aurais assez. À soixante ans, je n'ai pas eu le temps de mourir. J'aimais comme un fou une femme qui me prenait sous son aile pour me donner de sa jeunesse. Elle insistait, et moi j'ai accepté de la suivre dans cette cure folle. Alors, j'ai remis la mort à plus tard en me disant : « Après elle, c'est sûr que je meurs ! » Mais ça ne s'est pas passé comme ça. J'avais soixante-neuf ans quand elle est morte. Elle venait d'avoir cinquante ans. Le cancer de l'utérus. Rien à faire. J'ai essayé de mourir à sa place. J'ai essayé de me contaminer de son mal pour qu'elle en soit libérée. Ça n'a pas fonctionné. Alors, encore une fois, j'ai attendu en espérant très fort que la mort arrive. Mais, à soixante-dix ans, je n'ai pas encore eu le temps de mourir. Cette fois, j'étais parti en voyage avec d'autres septuagénaires. Nous voulions faire le tour du monde. Nous sommes partis quatre-vingt-neuf et nous sommes revenus quatre-vingt-trois. Un tour du monde de trois mois. Six morts durant un voyage, c'est beaucoup. Nous retournions les corps aux familles et nous poursuivions notre périple sans penser à ceux qui venaient de nous quitter. Il y avait tellement à voir ! Nous étions devenus des gamins égoïstes. À chaque décès, j'étais content que ce ne soit pas moi. Je me disais : « Après le voyage… » Nous avons mis fin au voyage quand notre guide est mort épuisé. Il avait cinquante-neuf ans. Quand je suis revenu, j'ai commencé à avoir des problèmes de santé. Rien de grave, mais assez pour me tenir occupé ; de telle sorte que je n'ai pas eu davantage le temps de mourir.

Il avait ri très fort en me regardant joyeusement. Moi aussi, j'avais manqué de temps pour mourir. Tellement, que je me trouvais dans un centre d'accueil alors que je m'étais juré de ne jamais vivre ça. Ne jamais vivre assez longtemps pour y aboutir. Maudite distraction ! Je n'ai jamais su m'occuper de mes affaires. Voilà ce qui arrive quand on est « traîneux » : dans le désordre on ne trouve plus la mort.

Ce midi, j'ai l'intention de mettre Yves et madame Dagenais dans le secret des plans que Julie et moi avons commencé à imaginer. Nos plans de voyage comme nos plans de vengeance contre cet infirmier impoli qui nous croit séniles et à moitié morts. Il a osé me donner une claque derrière la tête en se croyant à l'abri parce qu'il sait que c'est sa parole contre la mienne. Il sait aussi que ma parole sera mise en doute. À mon âge, le dérapage de la parole est assez fréquent, ce qui tend à réduire la force des affirmations. Les vieux sont bien plus marginalisés que les homosexuels. Ce midi, le repas est passé trop vite. Nous avions beaucoup à nous dire. Yves et madame Dagenais ont applaudi sans réserve et se sont mis à rêver avec nous. Nous avons additionné nos idées. Nous avons ri. Nous nous taisions comme des bandits quand la préposée nous servait. Nous avons chuchoté, regardé par-dessus nos épaules, épié nos voisins de table pour être bien certains que personne ne nous écoutait. Nous ne sommes pas remontés à nos étages respectifs immédiatement après le repas. Nous avons fait mine de participer au spectacle que donnait un chanteur qui interprétait des vieilles chansons de notre jeunesse, comme *The Hall* et *Un Musicien comme les autres*. Des antiquités que plus personne ne connaît, sauf les vieux. Les chansons meurent quand ceux qui les aimaient meurent.

Nous sommes installés à l'écart, à l'abri des regards des bonnes dames.

Le chanteur ne nous voit pas, et les sons de son ordinateur orchestre enterrent nos propos.

Des gamins? Non! Des gens aussi vivants que le projet qui leur reste et qui les porte mieux que toutes les pilules du monde. Madame Dagenais – « Appelez-moi Monique, on se sent plus jeune quand on a encore un prénom » –, Monique vient d'avoir une idée folle: voler une voiture. Impossible d'en louer une, aucun d'entre nous n'a de permis de conduire. Il ne nous reste plus qu'à voler. Simple et sans conséquence.

– Il faut quand même un budget pour le voyage.

– Moi, je peux retirer 35000 $ que j'ai cachés dans un coffret, nous apprend Yves.

– Moi, j'ai 25000 $ pour les imprévus. Dans un compte que je suis seule à connaître.

– Julie, tu m'épates.

C'est vrai qu'elle m'épate. En prime, je la trouve belle. Monique nous annonce que sa carte Visa est active, avec une limite de 10 000 $.

J'ai un triplex que je pourrais hypothéquer en partie. C'est le seul bien encore à mon nom. Il me rapporte 35 000 $ par année, que le gouvernement s'empresse de me prendre pour payer ma pension au centre d'accueil.

Nous pourrions réunir un peu plus de 100 000 $.

– C'est excessif. Nous voulons partir durant quelques mois, 50 000 $ suffiront, nous dit Yves.

Nous y penserons. Je dois combattre un vieux démon : j'ai toujours eu peur de manquer d'argent.

Nous savons une chose : le vrai défi sera de partir incognito... Il nous reste à décider de ce que nous ferons quand la bourse sera vide. La morphine ? Mais non ! Nous aimons encore la vie, et ce projet nous prolongera pendant des années après notre retour. Monique dit que nous devrions quand même tenter de nous en procurer. On ne sait jamais ce qui peut arriver. Elle se charge d'en trouver.

Chapitre V

Je n'ai pas lu mon carnet de bord depuis une semaine. Mes vieux ne s'en formalisent pas. Sauf madame Pilon, qui m'a dit hier : « J'aime ça quand vous racontez l'histoire du jeune homme. »

Le jeune homme… Il est un peu loin, le jeune homme. Comment elle s'appelait, déjà ? Ah oui ! Manon. Je n'ai pas beaucoup de temps pour le jeune homme, Manon et les suivantes. D'abord, nous sommes devenus effervescents. L'adrénaline coule comme elle n'avait pas coulé depuis longtemps dans nos vieux corps. Têtes jeunes et vieux corps, ce n'est pas l'équipe parfaite, mais cela peut marcher quand même. Suffit d'une idée et d'un plan. Les vieux corps s'arrangeront pour suivre. Dans le fond, le corps s'arrange toujours pour suivre, quand la tête est en mesure de lui montrer le chemin.

Aujourd'hui, je suis assis dans le solarium du troisième étage. Allez savoir pourquoi, ils sont plus nombreux que d'habitude. Une infirmière me dit qu'elle a remarqué qu'écouter l'histoire les calme. Alors, elle a pris sur elle d'aller chercher le plus de monde possible. Elle a installé les vieux en deux rangées. Je raconte le matin du déménagement.

Manon et moi avons partagé les biens. La maison est vendue depuis peu, et nous vivons dans les boîtes. Le partage s'est effectué d'une manière civilisée. À peine si Manon a utilisé son chagrin et l'affront que je lui ai fait pour garder certaines des choses que nous avions achetées ensemble. Seulement un peu. Je le regrette, d'ailleurs. Je me sentirais moins coupable si elle m'avait exploité. Mais non ! Pourtant, j'étais vraiment bien disposé à jouer le rôle de l'enfant de chienne qui mérite la punition de la dépossession. Sauf que Manon a décidé qu'elle ne ferait pas fortune avec ma culpabilité. Celle-ci sera seulement son prix de consolation, sa manière d'être encore présente dans ma vie. Le plus longtemps possible lui ferait grand plaisir. Ainsi, elle me regarde avec des yeux immenses de chagrin, sans dire un mot de plus que nécessaire ; son silence répète qu'elle ne méritait pas de voir l'amour qu'elle donnait aussi mal traité. Je vois bien qu'elle meurt et qu'elle est dévastée. Même un myope le verrait. Son malheur est écrit gros, il est inévitable, comme la grippe de janvier. Il distille sournoisement un poison qui me pénètre et dont je mettrai au moins vingt-quatre mois à me défaire.

Mes déménageurs doivent passer les premiers. Ils arrivent à huit heures. Nous prenions le café. Le dernier ensemble. Cela fait une semaine que nous vivons des « dernières fois », en pleurant chaque fois. Ce dernier café ne fait pas exception. Alors, je suis content d'entendre la sonnette et d'accueillir trois gaillards qui n'ont pas le temps de s'attendrir. Les séparations, ils aiment ça. C'est ce qui fait vivre le *business* en dehors de la période des déménagements, début juillet.

Deux heures plus tard, tout est dans le camion, et moi dans la voiture. Le cortège qui me mène au nouvel appart s'ébranle. Je regarde la maison. Manon regarde mon départ. Je vois clairement ses larmes dans son regard digne. J'ai l'impression d'être un médecin qui abandonne son patient pour aller jouer au golf. Je fais un sourire triste et puis je démarre. Étrangement, je me sens léger, comme si ma vie avec moi me semblait une bonne nouvelle. Je tourne rue Saint-Viateur, direction rue

Saint-Laurent. J'ai loué un rez-de-chaussée dans le quartier Villeray. Un grand sept-et-demi ; pourtant, j'ai l'intention d'y vivre seul.

« Tu ne tiendras pas trois semaines. Tu n'es pas fait pour être seul. »

En tout cas ! En tout cas, sermonneur, tu verras bien. Cette fois, je me paye l'intimité. Ma première. Tu verras. Je viens de décider de faire une femme de moi !

J'ouvre la radio à CKAC. Benoît Dutrisac dit que les hommes apprennent à vivre seuls ; sa collègue, Saint-Germain, souligne que les hommes ont des rechutes fréquentes, tandis que les femmes sont davantage capables d'assumer la vie avec elles-mêmes.

Elle a raison.

Au fond, le sermonneur est un flagorneur de la pire espèce, toujours prêt à être d'accord avec les femmes. Il est rose. La belle affaire ! J'ai un sermonneur rose. Nous sommes mal accordés, je ne suis pas un homme rose. Pas étonnant qu'il comprenne mieux mes femmes que moi !

Moi, je viens tout juste de couler mon examen. Une incartade de rien du tout. Une simple érection distraite, et voilà qu'elles font la cantate du « pour toujours, tu avais dit ». Pour toujours. Les mots n'ont jamais le sens qu'on leur donne. Toujours ne rime pas avec amour. Toujours rime avec court. Le grand amour, plus c'est grand, plus c'est court. Quand cela dure… Cela se nomme autrement.

– Comment ? questionne le sermonneur.

– Cela se nomme *business*, production, protection, insécurité, ennui, parentage, immobilier comme immobile.

– L'amertume t'inspire, mon Philippe, et tu parles vieux. Tu parles clichés-de-gars-dans-un-bar-à-la-mode. Tu parles l'ancien-mâle-des-petits-vendredis-soir. L'amour durable existe.

– Non !

– Si ! Tu causes, mais c'est de la montagne russe. Une fausse aventure. Le désespoir des *Best Before.* Tu n'es qu'un *Best Before*… C'est quoi, ta date de péremption ?

– Hier !

– Tu vois !

– En tout cas !

2001. J'ai trente-neuf ans, bientôt quarante, et je suis ce camion qui contient mon vade-mecum mobilier et divers trucs, utiles ou non. Peu, en somme. Un camion rempli aux trois quarts qui, dans moins d'une heure, sera en plein milieu de nulle part. Parce que ce nouvel appart, c'est encore nulle part.

Quand nous arrivons, je ne trouve pas la clé. Poche gauche. Poche droite. *Niet.* Re-poche gauche. Re-poche droite. Re-*niet.* Je l'avais, pas plus tard que ce matin. Troisième fouille. Même résultat. Alors, je me résous à retourner à Outremont en maugréant contre ma distraction qui m'oblige à une autre dernière fois avec Manon.

Quand elle m'ouvre, elle ne sourit pas. Je lui explique que je ne trouve pas ma clé, je l'ai oubliée. M'excuse. Puis je monte à l'étage pour regarder sous le lit et partout où une clé perdue peut se cacher. Je descends fouiller le placard de l'entrée. La cuisine, le salon. La clé a disparu. Je me dis que je n'ai pas le choix. Ne reste plus que les poubelles. Les sacs-poubelles sont dans la ruelle. Non, pas cela. Oui, cela.

« Si t'étais seulement un peu attentif! »

Ce n'est pas le moment sermonneur ! CE N'EST VRAIMENT PAS LE MOMENT !

Deux sacs que je fouille avec un haut-le-cœur normal. Deux fois plutôt qu'une. En soulevant la dernière chose, une pelure de banane pleine de spaghettis, je dois me résoudre à l'évidence : je n'ai pas la clé de mon nouvel appart, et des déménageurs attendent patiemment, à 90 $ l'heure. Un détail, en somme.

J'entre. Manon rit. Elle a regardé la scène des sacs-poubelles. Elle rit et mesure combien elle se reposera. Habituellement, elle trouve pour moi. Qui cherchera, maintenant? Moi. Merde.

– Je vais appeler le proprio.

– C'est une bonne idée.

– Ne te moque pas.

– Je ne me moque pas, je trouve qu'en effet, tu devrais appeler le proprio. Tu devrais même lui demander de vivre avec toi, pour te trouver quand tu te perds.

Je ne relève pas. Plutôt, je vide ma poche gauche et ma poche droite sur la table pour retrouver le papier sur lequel est inscrit le numéro de téléphone de mon proprio, un communicateur qui vit maintenant dans les Laurentides. Poche gauche: cartes de crédit, permis de conduire, carte d'assurance-maladie, carte d'assurance sociale, preuve d'assurance du véhicule, certificats d'immatriculation de l'an dernier et de cette année. Poche droite: argent, cartes professionnelles, messages téléphoniques, notes sur les choses à faire. Non, je n'ai pas de portefeuille. J'en ai trop perdu. Dans le creux de mes poches, les choses se font une place et ne bougent plus. Je suis sûr qu'elles sont là. La fouille commence minutieusement, papier par papier, dollar par dollar. Je trouve le papier froissé avec le numéro de téléphone de mon proprio, puis *cling!* fait la clé en tombant.

Finalement, vers quatorze heures, ces messieurs repartent. Les gros morceaux sont placés. Les boîtes sont partout. J'attends la livraison des compléments élémentaires comme les électroménagers: un téléviseur et des trucs pour les deux chambres des enfants. La déco ne sera pas parfaite avant un bail, mais qu'importe, je m'installerai petit à petit. À ma vitesse. Ce qui veut dire lentement.

Pour cette première journée, j'ai commis une erreur de taille: j'ai refusé l'aide que mes fidèles amies m'ont proposée et déclaré à mon seul ami masculin que, vraiment, cela ne valait pas la peine qu'il se déplace. Je m'entends lui dire : « Écoute, il y a peu à faire, les déménageurs vont tout placer, et je vais vider les boîtes lentement. »

J'assumerai cette erreur pendant deux mois. Deux mois pendant lesquels je serai en état de déménagement inachevé et au terme desquels je lancerai un SOS à mes trois meilleures amies.

Mais pour l'instant, à dix-sept heures, j'ignore ce que je me prépare comme champ de bataille et je bois une bière fraîche, assis par terre, en regardant mon premier chez-moi d'adulte autonome. Je constate que le gars du câble n'est pas venu malgré le rendez-vous, mais j'ai le téléphone. Oui, j'ai pensé au téléphone et au câble. Le nouveau moi-même s'arrange.

Cela est vrai jusqu'à vingt et une heures, quand je constate qu'il n'y a que moi dans l'appartement. Moi. Tout seul. Je parle alors à mes trois enfants, qui ont peu à me dire.

– Ça va ?
– Oui !
– À part ça ?
– Rien de spécial !
– As-tu hâte de voir ton nouvel appart chez papa ?
– Je pourrai pas venir avant je sais pas quand. Très occupé.
– Ah bon !
– Je te passe maman.
– Allô !
– Allô !
– Est-ce qu'ils vont bien ?
– Ça t'intéresse vraiment ?
– Ne commence pas ça.
– C'est toi qui as téléphoné.
– Oui, mais pas pour te parler.
– C'est pas ma faute si les enfants préfèrent la télé à leur père.
– T'es vraiment une hostie de vache !

Elle raccroche.

Je compose de nouveau. Elle répond.

– Je m'excuse, je ne voulais pas dire hostie.

Je raccroche. Là, je m'installe frénétiquement au téléphone. Je veux entendre une voix. Ne pas être seul. Parler. Écouter. Au secours !

Chapitre VI

« HOSTIE DE VACHE ! » répète le curé Perron. Ce curé est définitivement doué. Je crois que nous avons raison de fonder de grands espoirs sur lui. Je suis perdu dans mes pensées quand Monique entre dans le salon et nous fait signe, à Julie et à moi, de la suivre. Elle semble particulièrement fébrile, comme si elle avait un rendez-vous galant et se demandait si elle doit coucher dès la première fois. Après tout, nous sommes les premiers vieux à devoir nous préoccuper du sida. Non, il n'a pas été vaincu. Trop payant de le soigner. Pardon ? En effet ! Le sida a vieilli avec nous ; comme nous sommes vieux, les pilules nous tuent. Alors, nous baisons inquiets ; mais nous baisons quand même.

– J'ai la clé de la pharmacie.

– Quoi ?

– J'ai la clé de la pharmacie. Nous avons deux heures pour en faire un double.

Nous pensons vite. Il y a une quincaillerie à dix minutes à pied d'ici – donc quarante-cinq minutes à notre vitesse. Trop loin pour l'aller-retour.

Mais Monique a pensé à tout. Il est onze heures.

– Un de mes fils vient me chercher pour dîner. Je vais lui dire que je veux manger une pizza avec mes amis dans ce centre commercial. Il va nous y conduire. Il sera trop content d'être un bon fils... tout en n'ayant pas à me parler !

Julie demande dix minutes pour se préparer. Moi je suis prêt. Mon pantalon est ce qu'il est, et ma chemise noire n'est pas grise partout.

Monique et moi descendons au rez-de-chaussée. Monique cause avec le gardien de sécurité responsable de l'accueil.

– Mon fils vient me chercher.

– C'est de la belle visite, ça, Madame Dagenais.

– Oui ! Il a invité monsieur Dumouchel et madame Quesnel à nous accompagner au petit centre commercial. La pizza est tellement bonne !

– Faites attention ! N'abusez pas des bonnes choses, Madame Dagenais.

– Non, non ! Juste un petit plaisir…

Pourquoi faut-il que nos plaisirs soient petits ? Allez savoir !

Quand le fils de Monique se pointe, elle lui donne rapidement le topo, il est d'accord. Si nous sommes là, il n'aura pas besoin d'y être autant. Il le sait et il apprécie. Ce sera sa bonne action. Un moment avec les vieux.

« C'est si facile de leur faire plaisir. Une simple visite au centre commercial leur suffit. Une pointe de pizza, un gros gâteau au chocolat, et leur bonheur est total. » Ce jeune imbécile nous prend pour des cons, mais aujourd'hui, ça fait notre affaire. Tous ses guili-guili passent inaperçus. Il a une voiture ; alors, sa sincérité, nous nous en foutons carrément. *Who cares*? Ni lui ni nous.

– Madame Quesnel arrive bientôt…

– Pas de problème !

Julie arrive. Dire comme elle est belle, impossible ! C'est la plus belle femme que j'aie connue. Telle quelle. Elle est grande. Ses cheveux blancs font une vague discrète, et ses yeux percent l'espace entre elle et nous. Sa tenue. La royauté, rien de moins. La grâce de toutes les princesses du monde. Elle me sourit. Je suis immobile, mon cœur bat trop vite pour que je puisse bouger. La femme de ma vie a quatre-vingt-deux ans. Je la trouve enfin. Elle sait ma panique. Elle sait mon trouble. C'est une femme unique. Je suis persuadé n'en avoir jamais rencontré une comme elle, de toute ma vie. À ce jour, je n'avais ni tout vu ni bien regardé. Elle se cachait de mes yeux, la belle ; là, aujourd'hui, elle se révèle. Je prétends connaître assez les femmes pour savoir que sa beauté m'est destinée. Pour attirer mon attention. En tout cas je l'espère. Voilà ! J'espère de nouveau.

Je lui dis maladroitement : « Tu es belle, et la journée sera extraordinaire grâce à toi. » Elle me regarde avec éclat. Une énergie. Une joie de vivre. Une force. Voilà ce que porte son aura. Est-ce que je perds la tête ? Impossible de la perdre davantage quand je lui ouvre la portière pour la laisser s'installer sur le siège arrière. Monique m'offre la banquette avant avec son fils. Je décline.

– Non, assieds-toi avec ton fiston. C'est de la belle visite.

– Je suis tellement contente qu'il soit là, mon petit gars ! Thierry, tu me fais un grand plaisir.

Le petit gars de cinquante ans sourit et démarre pendant que Monique lui indique la route pour ce centre commercial et son restaurant franco-gréco-sino-italien. Le quatre dans un. Le tout dans tout. La meilleure pizza voisine avec les meilleures langoustines et les meilleurs ce-que-vous-voulez. Ils annoncent même des sushis pour bientôt… Au four à bois, sans doute. Menu varié ou avarié. Pas cher, ce qui correspond à la modestie de nos moyens et à notre obsession économe.

Monique demande des nouvelles des enfants, donne des nouvelles de ses bobos, pour que ses propres enfants ne l'oublient pas. Nous savons que notre santé éloigne les enfants, tandis que notre maladie nous les ramène. Pas étonnant que les vieux soient malades tant que la santé le leur permet. Je regarde Julie, et ma main frôle la sienne. Quand je sens ses doigts se refermer sur les miens, je veux être immortel. Oui, immortel ! Coûte que coûte.

Le prix sera mon prix. Je veux qu'elle soit ma blonde ou ma femme. Je ne sais pas comment on nomme ça à notre âge… Mais je sais que nous partirons. Personne ne nous arrêtera. *Over my dead body!*

Nous stationnons et, pendant que nous marchons vers le hall principal, Monique me remet une enveloppe en me disant: « Occupe-toi des clés! » Son fils ne remarque rien. Il regardait passer une brune de la Silicone Valley, crevasse du Colorado bien visible. Des jeux de petit gars.

Nous trouvons notre place dans la section non-fumeurs, malgré les protestations de Thierry; il nous annonce que le repas sera bref s'il ne peut pas fumer. Nous lui disons de ne pas se gêner pour aller fumer dehors. Ce qu'il fait, prévenant sa mère qu'il prendra un numéro sept avec un cola diète. Il nous quitte pour son apéro nicotiné.

– Comment as-tu eu cette clé, Monique? C'est incroyable!

– Ce n'est pas important, Philippe. Va chercher un double. La quincaillerie est au bout du corridor, juste à côté du magasin de location d'habits.

Je lui confie ma commande: une bière et des pâtes, puis je pars. Mon pas est plus rapide que d'habitude, mais je marche lentement. Mes genoux – les infâmes genoux – mes chevilles – les maudites chevilles – continuent de me ralentir. C'est une vieille histoire. Évidemment.

Le préposé aux clés me fait trois copies et me remet l'original. Zéro question. À ses yeux, je suis hors de tout doute.

Quand j'arrive à notre table, Monique et Julie écoutent Thierry raconter ses exploits professionnels et son manque de temps. « Je ne me vois pas vivre! » Traduction libre: « Si je ne travaillais pas tant, je viendrais te voir plus souvent. » C'est un rituel. « Fais attention à ta santé, on n'en a qu'une! » récite Monique conformément au dialogue prévisible et mille fois répété.

Bref, il n'y a pas vraiment de raison de s'attarder, mais je prends quand même le temps de manger mes pâtes *sauce tomate à l'italienne*, précisait le menu. Nous parlons de rien, ce qui finit par faire un tout qui nous mène au dessert. Nous aimons le sucre ; c'est nettement ce que nous goûtons le mieux. « Alors deux fois, s'il vous plaît, madame ! » Elle nous regarde avec la tendresse d'un clou rouillé. Je glisse l'enveloppe avec les clés dans les mains de Monique. Je ne me fais pas confiance.

Le plaisir a une fin. Enfin !

Nous retrouvons Yves. Il nous voit revenir et nous demande : « Et puis ? »

Il est dans le coup avec Monique pour la clé. En fait, il a fait le guet, pris des notes, identifié la clé dans le trousseau ; Monique a emprunté le trousseau, oublié aujourd'hui même par une déléguée syndicale, qui ne s'est pas méfiée des vieux finis de son étage. Une distraite. Non, une négligente partie en réunion syndicale urgente pour parler de grève. Une grève pour montrer que les soins se détériorent. Une grève qui en laissera plusieurs dans leur merde quelques heures de plus et qui aggravera les plaies de lit. Mais, bon ! Le vote se fera à main levée, et nous ne voterons pas. Alors, de quoi je me mêle ? « Ta gueule, vieux crisse ! » Point à la ligne.

Nous nous approchons de l'ascenseur, la garde syndicale l'attend déjà. Quatre cœurs, un seul battement. Nous montons avec elle. Sans nous consulter, nous l'encerclons. Je le répète : sans nous parler. Le téléphone cosmique. Nous descendons devant elle. Nous sommes les vieux, après tout !

Aussitôt descendue, Julie commence un délire.

– C'est pas ici, le troisième.

– Non, madame !

– C'est où, alors ?

Je la regarde et comprends, alors je continue…

– Mais oui, c'est ici ! Il y a le cercle rouge sur la porte.

La garde syndicale nous rassure.

– Mais non, ce n'est pas ici! Montez dans l'ascenseur, je vais appuyer sur le bouton de votre étage.

– Oui, mais mes amis m'attendent. Je suis sûr que c'est ici!

– Non, non, je vous le dis, faites-moi confiance.

Du coin de l'œil, j'observe Monique. Elle se penche; en se relevant, elle montre un trousseau de clés.

– J'ai trouvé des clés. À qui sont-elles?

La garde syndicale donne des petites tapes de reconnaissance sur les deux poches de son uniforme. Elle constate comme une absence.

– Montrez… Mais ce sont les miennes! Où les avez-vous trouvées?

Monique explique qu'elle les a vues par terre au pied du poste, entre le comptoir et une carpette.

– Bien cachées, ça, c'est sûr!

– Merci beaucoup, Madame Dagenais! Merci beaucoup! J'aurais cherché longtemps…

Je comprends son soulagement. J'ai consacré une partie de ma vie à chercher mes clés. J'ai toujours eu un rapport sado-masochiste avec mes trousseaux, un mystère! Les Américains disent un *miss fit.* Moi, je dis un drame; oui! un vrai, avec les sueurs froides et les désespoirs, quelquefois. À une époque, pour ajouter à ma saga de la clé perdue, les fabricants d'automobiles avaient inventé des véhicules qui se verrouillaient automatiquement quand le moteur était en marche. J'ai souvent regardé, impuissant, mes voitures ronronner, prêtes à partir, mes clés bien en vue dans le démarreur; elles dedans et moi dehors. Ah! Les belles clés! Pas perdues. Bien visibles. Juste chiantes, terriblement chiantes. Pendant ce temps, l'ingénieur ingénieux qui avait eu cette sadique idée travaillait à trouver une autre amélioration qui m'emmerderait avec son modernisme absurde. Comme la voix disant: *Ceci est une panne sèche.*

La garde syndicale nous prend délicatement par le bras, Julie et moi ; elle appelle l'ascenseur, qui arrive rapidement, pour une fois ! Elle nous y pousse gentiment et appuie sur le trois. À partir de ce moment, nous sortons de son champ de responsabilité, elle nous oublie. Si nous étions vraiment confus, nous pourrions passer l'après-midi dans cet ascenseur, à ne plus savoir où nous sommes, sans que personne s'en rende compte, jusqu'au prochain repas.

Monique nous racontera qu'elle et Yves sont allés se cacher dans la chambre de ce dernier et qu'ils ont ri un bon coup. Nous avions la clé de la pharmacie du quatrième. Dans l'ascenseur, j'ai le temps de m'approcher de Julie et de poser un baiser sur sa joue droite en lui disant : « Toi ! »

À ce moment précis, la dernière chose que je veux dans ma vie, c'est de la morphine.

Chapitre VII

Neuf mois que je suis dans mon appart. Je commence à aller mieux. Cet espace me terrorise moins. Encore un peu, quand même... Surtout la nuit. Depuis que j'habite ici, je déteste la nuit. La nuit, le vide me prend à la gorge et les fantômes dansent dans ma tête. Dans mon corps aussi, comme ces frissons qui courent sur moi et cette pression dans le ventre qui ne me laisse pas dormir longtemps.

Qu'est-ce qui m'arrive ? Je l'ignore. Une de mes amies – en fait, mon amie depuis aussi loin que je me souvienne – m'a dit que cela se nomme une crise d'intimité aiguë. C'est l'être qui apprend l'intimité, sans le bruit d'une présence ou d'une distraction. Le corps réagit violemment – et le cerveau aussi – parce qu'ils ne sont pas habitués à des doses aussi fortes d'intimité personnelle. Mais mes victoires sont de plus en plus nombreuses. Hier, par exemple, j'ai aimé les bougies et le bain chaud dans lequel j'ai flâné en lisant le dernier Mistral.

J'aime aussi ces moments pendant lesquels je prépare le repas pour un et dresse la table pour le déguster lentement, en écoutant la musique de ma collection de mp3. Mon vieux hit-parade. Ce matin, je me suis levé reposé pour la première fois depuis des siècles. J'ai regardé le cadran. Ma foi, j'avais dormi huit heures. Je crois que mon cerveau et mon corps ont décidé d'accepter le fait que je vais vivre seul assez longtemps ; ils en sont enfin heureux. Je me regarde dans la glace. Cheveux noirs, yeux noirs. Je ne suis pas très grand, mais ma voix compense. Qu'est-ce que je suis en train de me raconter là ? C'est quand même la première fois que je me regarde depuis des lunes. Beau bonhomme, mon Philippe ! Mais beau bonhomme pour rien. Je me rappelle ma promesse. Pas de femmes. Pas de chasse à la femme. Pas d'aventures. Pas de romance. Congé et voyage au cœur de ma jungle. Safari intime et travail. Sérieusement, cette fois. J'ai retrouvé le goût du métier de journaliste. Pour le pouvoir. Oui, le pouvoir. Pour la première fois de ma vie, j'ai besoin de pouvoir. Le sentir tout à moi.

Je lis mon journal – le mien – et je rage. Ils ont coupé dans mon papier en plus de le placer à la page trente-cinq. Écrire pour rien. Quinze appels pour faire confirmer une nouvelle, pour donner un droit de réplique, et le salaud coupe dans le texte. En plus, il s'est permis un titre minable. À quoi cela sert-il de chercher, si la nouvelle meurt dans le journal ?

Le café est fort. Urgence café, c'est toujours mon premier mot. Un jour sur deux, mon deuxième est pour le salaud du pupitre. Une vieille guerre de salle de rédaction. Celle-là dure depuis trois ans. Un minable devenu chef de pupitre coupe avec ses pieds. Zéro jugement. Seulement de la bêtise et de l'envie. Un raté qui a tenté de faire une grande carrière avec cent mots de vocabulaire, ça s'est déjà vu ; mais lui n'a pas les cent mots qu'il faut pour réussir l'exploit.

Malgré tout, la passion demeure. Elle naît sur un coup de fil, se ramasse dans une enveloppe brune, pleine de pistes secrètes à parcourir. Elle se trouve au tournant d'une réponse à une question habile. Bingo ! Dans une année de journaliste, les vraies grandes nouvelles sont rares, deux ou trois tout au plus. Quatre, les grandes années. Autrement, pas le temps de chercher les nouvelles ; il y a trop de nouvelles qui cherchent les journalistes.

La troisième tasse, celle-là pour le plaisir de flâner, me ramène justement à ma journée. D'abord, il y a eu une enveloppe brune ; quelques faits écrits à la main, des changements de zonage, une phrase en majuscules : LE SYSTÈME EXISTE... CHERCHEZ UN ASSOCIÉ SECRET. La journée me paraît longue jusqu'à ce rendez-vous avec celui qui dit qu'il en a assez et qui a insisté. Je suis finalement devant lui, dans un café rue Jean-Talon.

« Jamais mon nom, me répète-t-il mille fois plutôt qu'une, jamais mon nom, et pas avant ma mort. »

– Pourquoi vous me racontez tout ça ?

– Je ne sais pas trop, mais je vous le raconte.

– Mais j'ai seulement votre parole. Je ne peux pas faire grand-chose. Il me faudrait un numéro de compte, des relevés de transferts, des faits, des dates, quelque chose ! Je ne peux quand même pas écrire qu'un conseiller municipal du nouveau Montréal est votre associé secret.

– Non, pas maintenant. Seulement après ma mort, pas avant. Après ma mort, vous recevrez tout.

– Mais s'il meurt avant vous...

L'homme fixe son regard sur une affiche, sur le mur arrière du café. Une bande-annonce. C'est écrit : *Maudit Bonheur.* S'il mourait avant lui... Tiens ! Ça s'est déjà vu, des gens qui meurent à temps. Juste avant le pire.

– Je suis prêt à courir le risque.

– Impossible de publier votre histoire.

– Peut-être, mais elle sera vraie quand même. Publiée ou non.

Je vis l'enfer. Une grosse nouvelle entre les mains de ce vieil homme. Si je pousse trop, je le perds. Il est la nouvelle. Il n'y a pas mille solutions. Seulement attendre, le revoir, l'entretenir... Voilà une année que je tourne autour de cette histoire et qu'elle tourne autour de moi. Mais ce vieux constructeur vient de me convaincre de continuer.

– Étiez-vous choqué de devoir partager avec lui cinquante-cinquante ?

– Non ! On ne peut jamais faire d'argent tout seul. C'est rare, dans les affaires. L'argent est une alliance. Le gros argent, je veux dire.

– J'ai reçu une enveloppe brune, des numéros de cadastres, des avis de motion de changement de zonage, une photo…

– Je n'ai pas envoyé d'enveloppe.

– Pardon ?

– Je n'ai pas envoyé d'enveloppe.

– Pourquoi attendre après votre mort ?

– Parce que je n'ai pas envie de vivre la merde, c'est tout !

Je me répète ce qu'il a dit : « Ça valait cinq dollars le mètre carré la veille et trente dollars le lendemain. Cinquante-cinquante… La belle affaire ! »

Mon cellulaire sonne. C'est le patron. Je dois me rendre à une conférence de presse. Lancement du nouveau programme sur le contrôle, dans les urgences, des patients non requis, communément appelés « clients légers » ; ils se trompent toujours de porte d'entrée dans le système de santé. Le ministre a une idée et il a manifestement décidé de ne pas nous l'épargner.

J'ai donc assisté à sa trouvaille. La responsabilisation inhérente par un programme de communication valorisant l'autoévaluation de l'état d'urgence. Une sorte de sondage de cent questions auxquelles tu dois répondre pour évaluer l'urgence. Si tu réponds à toutes les questions, il est clair que tu n'es pas un cas pour l'urgence. Une trouvaille du genre. J'ai écouté patiemment et je n'ai pas posé de questions. Mes collègues des autres médias non plus. Ce qui a créé une profonde inquiétude chez les nombreux attachés du ministre et chez le ministre lui-même. Lui, si imperturbable d'habitude, m'a semblé un tantinet soucieux. Il regardait ses souliers à tout moment, comme s'il vérifiait son socle.

J'ai pondu quatorze lignes sans photo. Cela devrait nous valoir un appel demain matin. L'attachée de presse me demandera pourquoi, et je mettrai tout sur le dos du tata qui nous sert de chef de pupitre. Manque d'espace, et l'autre a coupé dans mon papier. L'attachée m'invitera à dîner. Je dirai oui, et rien n'arrivera. Chacun fait son boulot.

Petite journée, en somme, mais je ne suis pas choqué de retrouver mon appart. D'autant plus que je me suis promis de faire un peu de rangement.

Sur le répondeur, six appels.

« Allô papa, c'est moi ! Appelle-moi, c'est super urgent que tu sois capable de venir me chercher demain au collège. »

« Philippe, c'est Louise. Jean et moi, nous t'invitons à manger samedi… Nous avons une belle surprise pour toi. Tu sais, sa collègue de travail… »

« Bonjour ! Cette semaine, votre pharmacien Mitchum est en promotion. Consultez la circulaire Mitchum, la pharmacie qui vous aime. »

« Allô papa, c'est encore moi ! Écoute, c'est très important que tu me rappelles… Bye, là ! »

« Vieux connard, passe-moi un coup de fil. As-tu perdu mon numéro ? »

« Bonjour Philippe, c'est Jeanne. Toujours au même numéro : 450-393-2323… »

Jeanne. Je ne l'ai pas vue depuis ma fuite, il y a neuf mois. Je lui ai parlé quelques jours plus tard, pour récupérer mon bagage. Elle a laissé le tout à la réception et n'a pas souhaité me voir. J'ai offert une explication. Elle a répondu que ce n'était pas nécessaire. Depuis, rien. Je n'ai pas cherché à la revoir. Aujourd'hui, sa voix sur mon répondeur. Comment a-t-elle eu mon numéro ?

« Alerte rouge, attention, danger ! N'oublie pas tes promesses… »

Le sermonneur monte au créneau. Je lui réponds que je suis fort et résolu. Je me prends un gin-tonic. Un vrai. Après, ce n'est plus moi qui commande. Je commence: 450 393 232... Je raccroche.

Et puis, merde, une fois n'est pas coutume!

– Bonsoir! C'est Philippe.

Une heure plus tard, j'ai au moins l'intelligence de me rendre chez elle. Avant de partir, j'appelle ma fille et règle son urgence à obtenir demain soir le transport en commun paternel, pour elle et trois de ses amies. L'urgence! Il n'y a pas d'urgence, juste une réquisition de services. Je serai là. Je le promets quatre fois.

Me voilà en route avec le sentiment étrange que la vie est belle. Six heures plus tard, quand je reviens chez moi, je savoure encore le plaisir d'un corps qui bouge divinement et donne avec joie tous les frissons du monde. Jeanne est aussi ardente qu'avant, mais elle se contient davantage. Sans doute a-t-elle appris de ma fuite. Au moins mes limites. Mais elle sait aussi que j'aime le goût de sa peau et que je prends plaisir à sa danse sauvage. Elle me répète que je suis un bon amant. Et moi... Bien moi, je la crois sur parole. Je ne me demande même pas combien de bons amants elle a, tellement je suis convaincu que nous ne sommes pas si nombreux. À sa manière de crier, je me répète même que je suis plus qu'un bon amant. Je suis « le » bon amant... Là, je le confesse, j'ai le pénis qui pavane. Car, c'est connu, tous les pénis ont une vie indépendante de celui qui les transporte. Je me couche repu et joyeux.

Je n'ai pas de reproches à me faire. Je suis vivant, ce n'est pas une faute grave.

« Et le rangement... Tu devais faire du rangement... » me rappelle le sermonneur.

Le rangement sait attendre. Il ne fait que cela, attendre. Alors vingt-quatre heures de plus! Ce n'est rien, vingt-quatre heures. Tellement vite passées. Plus vite passées que la balayeuse dans cet appart, qui n'en finit plus d'avoir des coins qui tissent des toiles.

Cette nuit-là, je rêve que l'attachée de presse du maire vient me rejoindre dans mon lit et me raconte tout ce qu'elle sait.

Ma première pensée au réveil est pour ce vieux constructeur qui m'a raconté une histoire si explosive. Mais je suis impuissant. Je ne peux rien sans ses preuves. Je ne vais pas approcher l'associé secret et lui dire : « Il semble que vous et vos fils faites fortune dans les changements de zonage ! »

Alors, attendre. Avec ma patience légendaire. Pas facile.

« Le potentiel d'erreur est élevé. »

Pour une fois, je suis d'accord avec le sermonneur.

Aujourd'hui, je ne vais pas parler à Jeanne. Cela enverrait le mauvais signal. Hier, c'était un peu pour faire amende honorable, comme un gentilhomme doit le faire.

« Mais non, mais non, c'était pour éjaculer, mon cher. Toujours la même devise, mon Philippe : éjaculer et oublier. » Il exagère. Comme d'habitude.

Le téléphone. Pourtant, il est tôt.

– Tu sais, toi, que je t'aime...

C'est Jeanne. Je suis sans défense. Impossible de dire : « Pas moi ! » Mais ce serait indiqué. Des synonymes. Vite, des synonymes. Rien ne me vient, alors je dis : « Merci beaucoup ! » Elle ajoute : « C'était magique, hier soir ! Je savais que j'allais te retrouver. Nous sommes faits pour nous retrouver. » Je veux lui dire que nous ne sommes faits pour rien du tout. Nous avons baisé, c'était bien. Mais nous n'irons pas plus loin. Alors, je dis : « Il faudrait bien se revoir pour aller voir ce que tout cela cache. » Voilà l'acte manqué ; à moins que ce ne soit qu'une rupture momentanée d'un circuit de matière grise. Un neurotransmetteur qui disjoncte. Des synapses distraites. L'incapacité de la pensée de s'exprimer en mots humains clairs, concis, précis.

« De la lâcheté, plutôt. De la lâcheté et de l'égoïsme », me radote le coucou.

Si tu le dis !

Immédiatement, Jeanne propose le samedi soir. Je lui réponds que ce serait tellement chouette, mais un vieil ami à moi et sa douce m'ont invité à dîner justement samedi soir. J'ai reporté leur invitation un million de fois, alors cette fois, je dois me pointer sous peine de lèse-amitié grave.

– Je peux venir avec toi. Ils nous verront ensemble et seront contents pour toi.

Bien sûr, d'autant plus qu'ils veulent me présenter cette collègue pour ce rendez-vous à l'aveugle.

– Non, pas cette fois. Ils ont des problèmes et ils veulent se confier. Ce ne serait pas délicat.

– Je comprends.

Elle comprend. Voilà qui est bien. Mais je dois régler rapidement.

« Fais-le maintenant, elle est au bout du fil. Allez, maintenant ! Le temps va jouer contre toi, c'est l'évidence. »

Il a raison. Je dis : « Jeanne ! »

– Oui, mon amour...

– Jeanne, on se voit dimanche, d'accord ?

– D'accord !

Dimanche, je mettrai les points sur les « i ». Bon ! Mettons que je couche avec elle ; après, la fuite.

« Salaud ! » hurle l'insupportable sermonneur.

Merde ! Je laisse tomber un verre, qui se brise pour m'amuser. Outch ! Un détecteur en verre sous le pied gauche.

– Ça va, je ne coucherai pas avec elle. Tu as raison, je le sais. C'était une blague !

– Tu ne faisais pas une blague. Tu en es bien capable, Philippe.

– L'ancien Philippe peut-être, mais pas le nouveau.

– Il y a un nouveau Philippe ? Il n'habite pas avec nous, je le saurais.

– Il y a un nouveau Philippe. *In process*, comme disent les savants gestionnaires multinationaux.

Quand je l'ai affirmé au sermonneur, j'ignorais à quel point le processus était en marche. Le samedi soir chez les amis, j'ai rencontré la collègue. Une femme mystérieuse qui m'a dit que nous étions de vieilles âmes. Que sans doute, nous avions un lien cosmique qui faisait que nous nous retrouvions dans cette vie. Le coup des Cathares, en somme, mais je marchais, perdu dans ses yeux verts et bercé par le son de sa voix, harmonieuse et riche. Elle me racontait la vie pendant que nos amis préparaient le repas. Je la connaissais depuis quinze minutes et j'avais l'impression qu'elle disait vrai. Nous étions liés par nos vies multiples.

– Depuis quand es-tu réincarnationniste Philippe ? me demande-t-il.

– Depuis toujours, c'est-à-dire depuis quinze minutes. À l'échelle du cosmos, toujours, c'est quinze minutes. Ne pas confondre toujours avec éternellement. Connard !

Mais il n'est pas si connard que je le prétends. Il flaire le danger. Oui, le danger. Cette Shakti – son vrai prénom était France – m'a fait parcourir les joies multiples du tofu, de la musique nouvel âge, des week-ends de silence dans le bois à écouter les ondes de mes mains et à faire *spinner* mes chakras. Elle a été une révolution qui a bouleversé mon confort et mes certitudes. Par elle, j'ai fait la connaissance des mille manières de la croissance personnelle et me suis mis à la lecture des sages de toutes sortes. Ceux qui voyaient les auras, ceux qui libéraient les énergies emprisonnées, ceux qui faisaient exploser l'intuition, ceux qui accueillaient les guides invisibles. Bref, ma vie a tellement changé, que je me suis mis en ménage avec France, pour aller au bout du karma qui nous unissait.

Qu'est-ce que le karma ? C'est ce qui explique et justifie tout, m'a-t-elle appris. La joie, la souffrance, les rencontres, les ruptures. C'est un mot clé. Il n'y a plus de mystères, finis les questionnements, le karma est la voie, la vie, la vérité. Oussama Ben Laden, bien c'est le karma de Bush. Tiens ! L'Immaculée

Conception, le karma de Joseph. Le cancer de ta fille aînée, son karma. Tout est karmique. Le karma, au fond, c'est très pratique. « Je te quitte. Ha ! Ha ! Karma !... Tu meurs. Ha ! Ha ! Karma ! » J'ai compris rapidement que le principe même du karma repose sur la purification pendant quelques siècles. C'est une sorte de mémoire de tout ce que tu fais de mal, et qui te le fait payer pour te purifier. Le péché mortel, à côté de cela, c'est du pipi de chat. Même l'enfer est doux, à côté de la loi du karma.

France m'avait dit que nous devrions nous mettre au tantrisme, pour découvrir l'intensité mystique du désir et la purification de la conscience dans l'orgasme sublimé. Notre vie se passait donc à baiser mystique, à manger biologique et végétarien, à fréquenter les Su Tana ou les Chandrikta de ce monde. Ils nous enseignaient la puissance du bagua, la rythmique de transe et les multiples facettes de l'énergie créatrice, en passant par les chemins des plus hautes sphères spirituelles par l'orgasme. Tiens donc ! Nous manquions de week-ends pour assister à tout. Satsang et créativité, méditation aum, sauna amérindien, les rituels personnels et autres sorcelleries. Nous mangions bon pour la santé.

France était une femme raisonnablement joyeuse et résolument engagée dans un cheminement qui m'incluait. Elle veillait à mon éducation et à l'éveil de ma conscience, afin que disparaisse la vieille mémoire, qui me faisait aimer le filet mignon, le vin rouge et les autres femmes. Cela a duré trois ans, au cours desquels j'ai fait le tour d'un nouveau monde plein de promesses et de certitudes. À ses yeux, la science passait pour un voile opaque qui nous cachait la réalité, au surcroît invisible. Ce qui complique la vue, admettons-le.

L'invisible. Nous étions dans le monde de l'invisible à tout moment. Notre propos nous venait de l'invisible. Nos amis, notre travail, nos différends. Absolument tout. Tellement, que nous avions cessé de fréquenter ce qui était trop visible. Comme un film, un restaurant, des gens ; sauf ceux qui nageaient dans l'invisible comme nous.

J'avais coupé les ponts avec tout mon monde, qui de toute manière trouvait que ma crise de la quarantaine prenait une drôle de tournure. Au début, mes enfants s'étaient amusés de la présence de France dite Shakti. Puis, ils s'étaient lassés du menu bio santé, de l'encens, de la méditation et de la musique à base de aum et de clochettes.

Ils avaient donc espacé les visites ; sauf mon aînée, qui devenait amoureuse d'un disciple d'un maître dont j'oublie le nom. Cette fréquentation la transformait et lui montrait des perspectives que des parents ne peuvent pas enseigner. Sans compter que le disciple en question était vraiment beau et doux. « Tant qu'à avoir un chagrin, aussi bien que ce soit avec un beau garçon ! » ai-je dit à sa mère inquiète à mourir de voir sa fille s'asseoir en grenouille en faisant aum aum aum.

Pendant ces trois ans, j'ai quitté le journal pour devenir journaliste-chroniqueur dans un magazine de croissance personnelle et chroniqueur invité à une émission à la télé communautaire. Ça s'appelait *Les lois cosmiques au quotidien.* L'émission était animée par un sympathique lunatique ; il parlait tellement lentement qu'on aurait dit un sourd-muet.

Shakti était belle à voir aller. Peu reposante, mais bon ! Elle transmettait une énergie indéniable à tout ce qu'elle touchait. J'aurais continué sans doute plus longtemps, n'eût été d'une rencontre fortuite avec Jeanne, la diablesse. Elle m'a sorti de ma route cosmique le temps de le dire. Karma ?

Non, cul !

Jeanne a repris là où je l'avais laissée : « Tu sais que je t'aime, toi ! »

Cette fois-là, j'ai baissé les bras en même temps que mon pantalon. Bas instinct. Survie plutôt. Devant ce coup du sort, France dite Shakti a rapidement quitté mon appart... Y laissant une odeur de fleur asiatique et des photos de maîtres que nous avions tenté de suivre, tant bien que mal dans mon cas. J'ai le disciple réticent.

Je regarde madame Simone. Elle a fermé les yeux pendant que je contais cette page de ma vie folle. Elle ne dort pas, elle est morte, on dirait.

Chapitre VIII

COMMENT CAMOUFLER quatre vieux qui font une fugue ? Simple comme bonjour ! En n'étant jamais plus de deux vieux en même temps !

C'est la brillante idée qu'Yves nous expose. Nous ne serons jamais vus tous les quatre ensemble. Il a même prévu qu'il serait sage d'avoir un déguisement unique ; nous nous l'échangerons quand nous serons dans notre maison. Le kit grand-père serait composé d'un fauteuil roulant, d'un chapeau, de lunettes de soleil, d'une barbe, d'un pantalon bleu et d'une veste grise. Les femmes pousseraient la chaise, porteraient un chapeau à voilette et un tailleur noir. Ce serait le déguisement pour aller faire les courses ou combattre le *cabin fever*. Comme nous souhaitons une maison avec vue à Percé, le problème ne se posera probablement pas. Le principe est simple. Ils chercheront quatre vieux, nous serons deux. Le fauteuil roulant servira à camoufler nos différences de taille, à Yves et moi, ainsi que ses pertes d'équilibre et mes boitillements quand mes genoux me font mourir. Julie s'amuse de cette idée folle. Entre deux éclats de rire, elle lance soudain : « Mais où cacherons-nous tout ça avant notre départ ? » Maudite bonne question !

Ici, nous n'avons pas de vie privée ; encore moins un espace privé ! Tout le monde entre et sort comme dans un moulin. En notre absence, les préposés peuvent ouvrir les tiroirs de la commode ou notre placard. Nous n'avons pas de cachette. Sous le lit ?

Impossible! Il y a soixante centimètres entre le plancher et le matelas. Les lits sont haut perchés pour que nous soyons à portée de main. Normal.

Le personnel sait tout de nos choses.

– Ne perdez pas votre beau souvenir, Madame Liotte, c'est votre fille qui vous l'a donné...

Ou encore:

– Monsieur Bouliane, aujourd'hui, vous allez porter votre belle chemise grise avec votre pantalon bleu. Vous savez, celui avec les bretelles... Vous êtes tellement beau bonhomme habillé de cette manière. Un vrai don Juan!

« Beau bonhomme, mon cul! » hurle généralement monsieur Bouliane parce qu'il sait la vérité... Jour après jour, on lui pardonne sa colère en la mettant sur le compte de la sénilité. Il n'est pas sénile. Seulement fâché qu'on lui dise le contraire de ce qu'il voit. Ils ne peuvent pas s'empêcher de recommencer. C'est le mystère de la bonne intention.

Toute ma vie, j'ai craint ceux qui voulaient bien faire. Dangereux. Ils sont très dangereux. Durant le cours d'une vie, beaucoup, beaucoup de nos emmerdements viennent de ceux qui veulent bien faire. Quelquefois, on les voit venir. Ils ont la catastrophe écrite sur le front. On se prépare. Mais on ne peut rien empêcher. En plus, il faut les consoler quand leur bonne intention tourne au vinaigre. « Mais non, ce n'est pas grave, ce n'est rien... »

Tu ne souffriras pas quand j'irai t'étrangler.

Nous commençons donc à prendre conscience que nous devrons régler beaucoup de petits problèmes de logistique. Toutes les idées sont bonnes, mais nous éliminons les plus complexes. Quatre vieux ne se trimbalent pas incognito si facilement; en plus, nous ne sommes pas équipés pour traîner un bagage trop lourd. La mobilité devient donc la règle de base de notre planification.

Nous dressons la liste.

Destination : la Gaspésie. Défi : il y fait froid même l'été.

Transport : le train et l'autobus. Défi : voyager ensemble.

La fugue. Défi : partir du centre d'accueil ni vus ni connus.

L'argent. Défi : cacher l'argent comptant et ne pas laisser de traces (carte de crédit de Monique).

Les médicaments. Défi : faire des provisions.

Les vêtements. Défi : les valises pour quatre personnes.

Les enfants. Défi : leur inquiétude.

Location de la maison. Défi : les références et la transaction.

Nous avons éliminé le vol de voiture. Quatre vieux dans une voiture volée… Pas trop malin.

Une fois cette liste terminée, Monique résume ce que nous ressentons tous : « Nous ne sommes pas à la veille de partir d'ici ! »

Yves nous sort de la dépression générale en nous rappelant que nous ne partons pas demain, mais dans huit mois.

– Quand même ! C'est pas simple.

Je me surprends à douter à voix haute. Mais le regard de Julie suffit à me donner la naïveté qu'il faut pour rêver la réalité.

– Il faut lancer un message à l'univers, et les choses s'installeront dans la réalité.

Nous commençons donc ce jour-là à lancer des messages dans l'univers. Petit à petit, nous recevons des réponses. On dirait que cette folie-là fonctionne. Par exemple :

Je lis un article sur le Nouveau-Brunswick. Certains villages sont presque gaspésiens. Enfin ! Il y a la mer, les pêcheurs, le homard et le français de la vieille France ; mais pas *La Presse*, CKAC, le *Journal de Montréal*. Les chances sont bonnes que l'histoire de notre disparition n'arrive dans ce coin-là qu'à notre retour à Montréal. « Plus tard dans les Maritimes. » La location d'une maison serait plus facile, me semble-t-il à première vue. Nous y serions très certainement plus libres. Je demande à Julie si Percé est un *must* absolu.

– Percé, non ; partir, oui !

Puis, Yves a une idée gigantesque : nous sommes en septembre ; louons immédiatement et envoyons une traite bancaire pour régler quatre mois à compter du début mai. Il propose même de mettre son nom et l'adresse du centre comme adresse d'expéditeur pour la confirmation, sans référence au centre d'accueil. Complètement fou. Non, sans risques, plaide-t-il.

– Mais ton nom ! C'est un peu risqué.

– Oui, Yves, Philippe a raison : nous laissons une trace immense.

– Non, pas si nous agissons tout de suite.

– Pas si sûr ! La première chose qu'ils vont faire, c'est regarder nos comptes bancaires.

– Si nous louons immédiatement et attendons quelques jours avant notre départ pour vider nos comptes, ils s'en tiendront à cette grosse évidence : ils croiront à l'extorsion, si nous jouons bien nos cartes.

– L'extorsion ?

C'est un cri du cœur !

– L'extorsion ! Comment diable allons-nous monter une histoire pareille ?

– C'est simple ! Nous commencerons à recevoir des lettres anonymes.

Ce que j'entends me surprend, mais je crois sérieusement à notre départ. J'accepte le mandat d'écrire la série de lettres anonymes. Nous établissons une stratégie simple, fondée sur la progression des demandes et des retraits. Une petite extorsion qui devient grande au fil des mois. Misère. Plaisir. Pauvres vieux. Je n'ose pas penser à ce que nous vivrons au retour. D'abord, partir. En attendant, continuer de lancer des messages à l'univers. Julie a raison. Les choses s'accomplissent.

J'en prends pour preuve les mandats que nous nous sommes distribués et qui sont tous porteurs d'une étape ; d'un pas, à tout le moins. Qui a dit qu'il fallait avoir de très grands rêves afin de ne pas les perdre de vue? J'écrirai des lettres anonymes; Yves trouvera la documentation requise et concrétisera la location d'une maison; Monique se chargera de la pharmacie; Julie terminera le jeu au jour « J ». Nous partirons les mains vides. Mystère. Enlèvement. Qui sait? Les apparences occuperont ceux qui nous chercheront et les conduiront sur le plus de fausses pistes possible. Monique dit: « C'est cruel pour les enfants! »

– Oui, c'est cruel pour les enfants.

– Mais se sentir vivant encore une fois! Retrouver l'espace, avoir de la place. Se coller serré sur la vie, la nature, l'énergie, ça vaut bien le chagrin que nous causerons. Puis nous reviendrons, ce n'est pas comme la mort. Tant qu'il y a de la vie, il y a de l'espoir, alors ils espéreront que nous sommes vivants. S'ils nous connaissent un peu, s'ils ont vu en nous pendant toutes ces années, ils se douteront que nous sommes les maîtres du jeu. Que nous jouons à notre goût, à notre manière; que nous avons décidé que la liberté serait notre seul centre d'accueil. Notre terre d'accueil… Que nous voulions voir la vie se battre et nous battre à ses côtés, visières levées. Une dernière fois encore, avant de passer du centre d'accueil aux cendres d'accueil.

Puis je me tais.

Nous venons de partir, à ce moment précis. Les montagnes deviennent tout à coup un détail. Pas plus, pas moins. Nous sentons l'air de la mer, le vent qui fouette nos peaux vieillies, mais toujours vivantes au contact de l'air, de l'eau, de la chaleur et du froid.

Je me souviens qu'à compter de ce jour-là, nous n'avons plus jamais parlé d'obstacles ni d'impossibilité. Et nous avons cessé d'avoir peur de la mort. Nous n'avions plus le temps.

Nous quittons le coin que nous avions monopolisé dans le salon attenant à la salle à manger. Nous saluons au passage les bonnes dames qui amusent nos semblables afin de les aider à passer le temps sans trop s'ennuyer. Aujourd'hui, ils lancent des dards en velcro sur une cible en tissu. Ils s'amusent follement. On le voit dans leur regard absent, mais rieur. Ils s'applaudissent, se concentrent, donnent le meilleur d'eux-mêmes. Il est quinze heures trente-trois, mais c'est sans importance. Nous partons bientôt.

Les ascenseurs arrivent. En descendent ceux qui viennent attendre l'heure du souper, fixée pourtant à seize heures quarante-cinq, dans une heure quinze minutes. Ils s'assoient devant les ascenseurs pour attendre, parce que c'est vivant. Habituellement, ils sont une vingtaine ; chaque fois, ils viennent attendre l'heure du repas. Pourquoi pas ? C'est un passe-temps comme un autre ; surtout quand il y a beaucoup de gens qui le font. On voit arriver et partir le personnel, les visiteurs. On peut emprunter le visiteur de quelqu'un pendant quelques minutes. Pour parler, prendre des nouvelles ou raconter des petits bouts de vie. Ceux dont on se souvient encore. On peut même en inventer de nouveaux bouts. La visite des autres ne s'en rend jamais compte. Ceux qui descendent tôt pour attendre l'heure des repas ont de très bonnes raisons de le faire, comme on le voit.

– Alors, tu t'es retrouvé avec la belle Jeanne...

C'est Yves qui me relance.

– Oui ! Et là, je me suis encore fait le coup de la nouvelle vie.

Julie et Monique nous disent que mon épisode Jeanne ne les intéresse pas, elles vont monter. Julie s'approche et pose un baiser sur ma joue gauche tout en me disant : « Je n'ai pas envie d'être jalouse de ton passé ; tu ne pourras pas être jaloux du mien, non plus ! »

– Parce que je pourrais être jaloux du tien ? Eh ben !

– Les hommes sont tellement possessifs... On ne sait jamais !

– J'ai l'âge de la sagesse...

– Oui, mais un homme est un homme...

« Vive les amoureux ! » disent ceux qui attendent l'heure du repas... « Vive les amoureux ! »

Julie rougit, moi je bombe le torse. Au fond, elle a raison. Un homme est un homme. Un homme, un territoire et le goût de le protéger. Un homme, sa femme et toutes les contradictions qui viennent avec. Comme croire qu'elle doit se fondre au territoire et en faire partie intégrante. Le dire et vouloir être libre.

Un homme est un homme, c'est rarement un *home*...

Elle tourne sur elle-même, sourit à de braves vieux qui, comme moi, la trouvent belle et voudraient bien s'en approcher davantage. Qu'ils essaient, juste pour voir ! Ils vont apprendre que le vieux Dumouchel a mauvais caractère. Ses yeux me disent : « Allez, l'homme ! Bats-toi pour moi ! » À son âge !... Une femme est une femme ! Puis elle disparaît dans l'ascenseur avec Monique.

C'est drôle, je n'ai pas envie de me rappeler Jeanne. Il n'y a pas dc place. Julie est partout dans ma tête. C'est vraiment con. Yves essaie de me motiver.

– Alors, Jeanne... C'était l'île dans le Sud. Chaude et lancinante...

– Mais non... Si on veut... Je ne me souviens pas bien, faudrait que j'y pense...

– Philippe, qu'est-ce qui t'arrive ? Tu ne serais pas en train de tomber amoureux comme un gamin ? Julie et toi... Il se passe quelque chose... C'est ça ?

– J'ai le goût de faire l'amour avec elle, c'est fou, hein !

– Pardon ?

– J'aimerais la prendre dans mes bras, la caresser, voir monter son plaisir et le mien, l'embrasser partout et laisser courir mes doigts sur son corps. Je vivrais la plus belle rencontre de ma vie. Juste à le dire, j'en ai des frissons qui parcourent ma colonne et se logent dans ma poitrine. Je sens que je pourrais être un mâle de nouveau. Je prendrais le temps qu'il faut pour que mon corps se réveille et trouve encore toute son énergie... Je sais qu'elle saurait s'y prendre pour que je...

– Alors là, Philippe, c'est une nouvelle donnée dans notre périple ! Une fugue amoureuse… Roméo et Juliette fuient le centre d'accueil. Roméo ne peut plus grimper dans l'échelle, mais quand même ! Comme le gouvernement refuse qu'ils baisent, ils se sauvent au Nouveau-Brunswick et meurent enlacés au bord de la mer, amoureux déportés au pays des Acadiens…

– Te fous pas de ma gueule, Yves !

– Allez ! Ne le prends pas mal… Mais crois-tu que tu auras une crise d'acné prochainement ?

– Salaud ! *Jalousy will get you no where !*

Je prends le parti de rire avec lui. C'est mon premier ami masculin depuis la mort de Michel. Son amitié me fait du bien. C'est vrai que ce n'est pas pareil, une amitié de gars. Il est un peu tard pour le découvrir, mais qu'importe. Je me sens bien de lui avoir confié mon état d'âme. Maintenant, nous sommes deux à me trouver ridicule. Mais nous serons deux aussi à faire des plans pour que cette conquête amoureuse réussisse. La belle veut une conquête, elle en aura une ! C'est curieux ! Maintenant, j'ai terriblement le goût qu'elle entende l'histoire de Jeanne. Ainsi, elle apprendrait qu'à une époque de ma vie, j'étais devenu un athlète irrésistible et sexuellement puissant. En fait, Jeanne m'a transformé ; comme elles m'ont toutes transformé, d'ailleurs, jusqu'à ce que je me lasse d'être un Lego humain et que je me rebelle un peu.

Mais avec Jeanne, je suis devenu étonnamment vivant. J'ai retrouvé les joies du camping sauvage, moi qui n'aimais pas l'inconfort, et je me suis surpris à pagayer au printemps dans des rivières tumultueuses, avec des équipages de jeunes de vingt-cinq ans. Je revenais à la maison à moitié mort, des marques partout, mais fier de claironner à mes enfants que la Rouge n'avait plus de secrets pour moi ; effectivement, il fallait de la forme et du courage pour s'attaquer à ces descentes. Ils voyaient leur père différemment et, ma foi, je crois qu'ils avaient l'impression que je leur avais donné une sœur aînée. Ils aimaient Jeanne pour mille raisons, notamment parce qu'elle mettait au rancart mon vieux palmarès et écoutait le même qu'eux. Je ne portais plus les mêmes couleurs, et ma coupe de cheveux prenait une autre allure. Plus jeune, dirons-nous. Mais surtout, parce qu'ils savaient qu'ils pouvaient tout lui dire et qu'elle serait une complice fiable et une porte-parole habile auprès de moi.

Avant même d'avoir eu le temps de dire oui, j'étais inscrit dans un centre d'entraînement. J'ai découvert rapidement que la concurrence était « top forme » et que les muscles étaient un équipement standard sur ces nouveaux modèles mâles... Je me suis donc mis à l'ouvrage cinq fois par semaine et j'ai découvert des muscles dont je ne soupçonnais même pas l'existence. Pour me récompenser, Jeanne me disait à quel point j'étais plus jeune, plus fort; et pour me le prouver, elle me faisait l'amour d'une manière endiablée. Tous les jours...

Oui, tous les jours. Et je tenais le coup grâce à ce programme de mise en forme, stimulé aussi par la présence de ces jeunes bourdons qui nous entouraient de plus en plus, puisque les amis de Jeanne devenaient mes amis. À mon quarante-quatrième anniversaire, elle m'a offert un vélo, une raquette de tennis et des vitamines. Des vitamines. Pour l'énergie, disait-elle. À mon quarante-cinquième anniversaire, elle m'a acheté un canoë, des skis de randonnée et un séjour de trois jours dans un centre sportif sur le bord d'un lac. Jeanne était une active qui avait horreur d'un samedi et d'un dimanche vides. Pour elle, lire *La Presse*, c'était vide; flâner longtemps au lit pour lire, c'était vide; passer un après-midi à cuisiner une bonne bouffe, encore le vide. Elle ne buvait que deux verres de vin par semaine. Règle générale le samedi soir, pour faire l'amour encore plus longtemps, précisait-elle chaque fois. J'ai suivi ce rythme d'une manière que je qualifierais de « jeune » pendant au moins deux ans.

Mais, peu à peu, le goût de vivre m'a pris. Je veux dire que j'ai été moins assidu dans ma détermination musculaire et aérobique.

J'ai commencé aussi à trouver que dormir dans un sac de couchage humide ou accepter les assauts des moustiques étaient des activités dont les plaisirs m'échappaient de plus en plus. Sans compter que je venais de me trouver un travail dans un cabinet de relations publiques qui me mobilisait et me fournissait aussi d'excellents prétextes pour rater mes rendez-vous avec les centres de torture sportive. J'avais été affecté au dossier du nouveau Montréal. Curieux. Je devais gérer une crise provoquée par la publication, dans *Le Métropolitain,* d'une histoire de changement de zonage résultant de la dénonciation posthume d'un vieux constructeur. La vie, quelquefois, nous oblige à des détours moraux assez incroyables.

Je déployais aussi des efforts pour repousser les assauts sexuels de Jeanne car, là encore, mon pénis souffrait de lassitude ; d'absence de défis aussi. Bref, Jeanne, pourtant optimiste et énergique, m'a fait remarquer que je changeais.

– Moi, changer ? Mais non !

– Mais oui !

– Mais non !

– Mais oui !

Ce débat avait lieu de plus en plus souvent. Jeanne le ramenait, moi je le fuyais. Je me réfugiais dans le travail et je me suis même mis à regarder les reprises de *Virginie* et tout ce qui pouvait passer pour une histoire à suivre à la télévision. Je me suis attaqué aux trois premiers tomes de la biographie de René Lévesque pour me cacher dans des milliers de pages. « C'est tellement important, cette vie de Lévesque ! Et cette biographie est remarquablement faite ! » C'est ce que je plaidais avant de m'enfouir dans une lecture qui me reposait de l'énergie de ma diablesse de Jeanne. Je savais que je jouais avec le feu, mais espérant un ralentissement du rythme, je mettais les freins.

Elle va s'adapter, me répétais-je ; après tout, j'aurai bientôt quarante-six ans... Elle pourrait en tenir compte.

Mon souhait a été exaucé. Elle en a tenu compte, mais pas vraiment comme je le souhaitais. Un soir, elle n'est pas venue coucher. Le lendemain, elle est arrivée avec trois jeunes hommes et des boîtes. Je l'entendais rire et chanter en remplissant ses cartons. Les jeunes hommes me regardaient comme si j'étais une pièce dans un musée d'histoire naturelle. Dans leur regard, je lisais qu'ils en avaient marre de ces vieux qui jouent aux jeunes. Il était temps que je retourne dans mon musée. Leur présence était une condamnation. Jeanne la diablesse se montrait cruelle en riant et en étant jeune jusqu'à l'indécence. Quand la porte s'est refermée, me laissant avec ma nouvelle tranquillité, j'ai compris que je venais d'avoir cent ans. D'un coup. Celles qui vous donnent leur jeunesse vous redonnent un jour votre vieillesse. Voilà !

« Pourquoi pleures-tu ? a interrogé le sermonneur. Pourquoi pleures-tu ? »

Parce que je sais que je vais faire un fou de moi.

Et j'ai fait un fou de moi. En la suivant, en la suppliant, en étant odieux, en téléphonant jour et nuit. En rencontrant ses amants pour leur faire la guerre. En stationnant devant sa porte pour épier sa vie, ses allées et venues et ses fréquentations. J'entends la voix de Jeanne qui me dit : « Tiens ! Un autre modèle non rechargeable ! »

Un crash d'une année. C'est mon amie Marie-Ève qui m'a fait comprendre que je venais d'avoir quarante-sept ans et que Jeanne ne reviendrait jamais, jamais, jamais. Elle a ajouté que j'étais encore jeune. Cela m'a pris une autre année avant de la croire. Je me suis donc offert un périple en solitaire pendant presque deux ans. Apprenant sur le tard les obligations du célibataire : organiser le samedi soir et les vacances. Mes amies Marie-Ève et Françoise ont décidé de me présenter des femmes « faites pour moi ». Elles étaient en quelque sorte mon agence de rencontres, mais j'avais du mal à aller plus loin que la première fois. Si je plaisais, je me sauvais rapidement. J'avais, je crois, perdu le goût de me faire connaître et surtout celui de m'adapter.

D'ailleurs, j'avais mis au point un discours percutant sur l'incompatibilité entre les hommes et les femmes. J'observais que plus je me refusais, plus elles me voulaient ; comme la sœur de Claude, qui se prêtait à mes caresses parce qu'elle croyait que je voulais devenir prêtre. C'est en vertu de ce principe salvateur que les femmes sont attirées par les homosexuels. Mon amie Johanne dit que c'est plutôt parce que les homosexuels parlent « femme » couramment et prennent soin de leur apparence.

Je ne pouvais pas vraiment compter sur l'apparence pour me protéger davantage. Car mon nouveau métier de relationniste m'obligeait à une tenue « business ». Les chefs d'entreprise ou les politiciens sont rassurés de parler à un consultant qui paraît bien, comme si son jugement et sa créativité se trouvaient dans son nœud de cravate. Donc, je le confesse, je ne pratiquais pas la chasteté intégrale. Loin de là. Je trouvais toujours une femme soit naïve soit joyeuse naufragée comme moi pour chasser la tension. Rien de joyeux, mais rien de désespérant non plus. D'ailleurs, je ne mangeais pas gastronomique tous les jours ; pourquoi en aurait-il été autrement dans cet autre aspect de la survie ?

Je travaillais beaucoup. Je ne dédaignais pas le nouveau confort que les affaires me procuraient et je me disais que de toute manière, Liv Ullman a raison : « Il y a en chacun de nous quelqu'un que nous ne sommes pas devenus. » Les médecins voudraient écrire des romans, et les romanciers ne détesteraient pas avoir un travail utile. Bref, nous sommes des envieux insatisfaits. Voir s'il y a quelque chose de plus drôle à passer sa journée à soigner des hémorroïdes saignantes, des boutons qui éclatent ou des vulves nauséabondes ! Je me le répétais chaque fois que je passais une nuit à mettre des mots sur l'inexplicable.

Ah oui ! Je pleurais plus souvent, aussi. En cachette. Il est faux de dire qu'un homme ne pleure pas. Un homme pleure, mais en cachette. Nos larmes ne sont pas moins des larmes parce que personne ne les voit.

Moi, j'ai toujours préféré rire en public et pleurer en cachette. Car pleurer en public ne m'a jamais consolé davantage.

L'orgueil des gars, clament mes amies. Non, c'est comme ça ! C'est dans l'ordre des choses. Avant la guerre, tu as peur ; pendant la guerre, tu te bats ; après la guerre, tu pleures. Faut-il absolument pleurer en public pour que nos chagrins soient crédibles ?

Quand même ! Je me disais qu'il faudrait que je pratique mes chagrins en public. Alors, je prenais le métro et je pensais à quelque chose de très triste, comme la mort de mon père ou la rupture de ma famille. Je me forçais. Je me disais : « Je n'ouvre pas les yeux tant qu'une larme n'aura pas coulé. » La larme ne venait pas, mais quand j'ouvrais les yeux, je voyais bien que j'avais raté ma station.

Une fois, au cinéma, j'ai pleuré. J'étais content. Mais il faisait tellement noir que personne n'a vu mes larmes ; sauf mon voisin, à qui j'ai dit : « Je pleure ! Vous voyez, je pleure ! » Il a plongé sa main dans ma méga boîte de pop-corn et il a fait : « C'est vrai que c'est un film ennuyeux ! »

Chapitre IX

Le 9 novembre 2042, Yves reçoit sa première lettre.
Le 14 novembre 2042, Monique reçoit sa première lettre.
Le 16 novembre 2042, Julie reçoit sa première lettre.
Le 19 novembre 2042, je reçois ma première lettre.

Quatre messages différents, mais des menaces de même nature. Et la même demande d'argent, soit 500 $. Dans les jours suivants, Yves, Monique et Julie font un retrait. Je n'en fais pas.

Le 24 novembre 2042, je reçois une lettre plus sérieuse, écrite d'un ton ne faisant pas de doute. J'ai vingt-quatre heures pour déposer 500 $ à un endroit convenu. Je m'exécute.

Le 26 novembre, Yves emprunte les papiers d'identité d'un nouvel arrivé, qui n'a pas encore développé de méfiance envers ses copensionnaires. Avec Monique et son fils Samuel, il va à la banque italo-québécoise de la rue Jean-Talon. Monique a prétexté une envie folle de pâtes dans un resto italien de l'arrondissement Saint-Léonard. Elle a beaucoup de talent pour manipuler ses enfants. Sa longue pratique de l'élevage l'a bien préparée aux manœuvres de manipulation maternelle.

– Mon ami, monsieur Chamberland, aimerait passer à son ancienne banque pour mettre certains documents à jour. Tu peux sûrement nous y conduire… Tu viens me voir si peu souvent, il faut bien que j'abuse un peu…

Yves se pointe à la banque et exécute une traite bancaire au profit d'un certain Pierre Bezeau. Il nous loue, pour 6 500 $, une maison de quatre chambres sur le littoral acadien, à l'île Lamèque. Yves a convenu avec lui d'un paiement par traite bancaire de cinquante pour cent du prix de location qui confirme notre réservation ; nous réglerons le solde à notre arrivée.

– Je serai avec ma femme, mon frère et sa femme.

Nous avons trouvé cette maison dans les petites annonces sur Internet. Lors de son entretien téléphonique avec monsieur Bezeau, Yves a annoncé qu'il partait pour la Floride sur la côte ouest et qu'il n'aurait pas le temps de s'en occuper ; il aimerait donc régler la location avant de partir en décembre. Il lui a aussi demandé de faire parvenir la confirmation et toute autre correspondance à un certain Yves Chamberland, qui fera suivre… Un ami en qui il a toute confiance ; son ancien comptable, quand il était en affaires.

Car Yves porte un nouveau nom : Éric Marchand. Cet emprunt d'identité nous a bien servis et n'a pas fait de tort à notre nouveau camarade ; il n'a rien su et est mort, de toute manière, quelques mois plus tard ; cinq jours, en fait, avant notre départ. Ignorant avoir été un modeste acteur dans une grande aventure. Bref, le 26 novembre 2042, nous sommes officiellement et légalement les locataires d'une maison au Nouveau-Brunswick, à l'île Lamèque. Il nous reste encore beaucoup à faire, mais une étape vient d'être franchie.

Je ne sais pas pourquoi, mais je prendrais une bière avec un joint. Yves me dit : « Moi aussi ! » Monique dit que ce serait bon et Julie nous avoue qu'elle n'a jamais essayé. Nous sommes la génération de l'âge d'or ayant goûté au Québec *Gold*. Mais maintenant nous avons le poil au nez. Les « pushers » n'ont manifestement pas poursuivi leur carrière dans les centres d'accueil ; en tous les cas, pas dans celui-ci. Il y a bien un vieux Hell's Angel de quatre-vingt-douze ans ; mais il n'a plus de dents, et ses tatouages se perdent dans les plis de sa peau grise. On voit bien le mot « Hell », mais pas tellement « Angel » ; et la Harley ressemble à un fauteuil roulant. Dommage ! J'aurais bien aimé manger des raisins en écoutant de la flûte des Andes, entendre des gongs se répercuter dans la pièce comme des tonnerres lointains.

La location nous donne des ailes et du courage pour faire face à la période du « Joyeux Noël » qui arrive. Le centre d'accueil se transforme pour se donner un air de surprise et de joie, pour faire semblant que plusieurs d'entre nous n'ont pas l'air hébété. Nous sommes tous des petits Jésus édentés, la joie de Noël nous passe, pour la plupart d'entre nous, deux mètres par-dessus la tête. La musique de Noël envahit nos corridors, et le personnel porte des pères Noël ou des petits sapins à la boutonnière. En 2042, le père Noël tient la route, et son commerce aussi. Il rit dans sa barbe d'ailleurs, parce que la nouvelle économie des années 2000 n'a pas tenu le coup tandis que lui est une valeur sûre : le *red chip.*

Les bénévoles de toutes sortes arrivent de partout. Ils nous donnent des chocolats et des petits paquets contenant des niaiseries emballées dans du papier de Noël. Nous montrons notre surprise et nous sourions, car il ne faut jamais assassiner les bonnes intentions. Mais les bien-intentionnés sévissent particulièrement dans cette période festive, ce qui nous demande un effort supplémentaire pour ne pas mourir de colère.

San Antonio avait raison quand il écrivait, il y a très longtemps : « Méfiez-vous en traversant la vie, un con peut en cacher un autre. »

Pendant près d'un mois, le plaisir succède au plaisir. C'est que nous avons de la parenté, beaucoup de parenté ! Et des amis. Plein de nouveaux amis venus des quatre coins de la bonté humaine. La bonté humaine est bonne... Heureusement qu'elle se concentre sur quelques semaines ! Ce n'est rien, la direction autorise les cuisines à dépenser un peu plus pour nous servir des repas de Noël. Alors la tourtière, cette meurtrière, vient garnir nos repas avec son amie la dinde, qui n'est pas meilleure aujourd'hui qu'elle ne l'était hier. Je me demande quand nous allons comprendre qu'il vaut mieux laisser vivre l'oiseau. Il n'est pas comestible. C'est pourtant clair ! Depuis plus de trois cents ans que nous essayons d'en manger. Passons le mot : la dinde n'est pas comestible, et la canneberge est un fruit raté. Point. Quand il faut ajouter du sucre à un fruit pour le rendre agréable, nous sommes en présence d'un fruit raté. Laissons l'évolution poursuivre son œuvre. Peut-être un jour la canneberge sera-t-elle mangeable ; mais elle ne l'est pas maintenant.

À Noël, la horde des touristes, comme nous les appelons, débarquent en force. Ils viennent tous manger avec nous. Évidemment, la veille, nous aurons eu notre messe de minuit à quinze heures et notre réveillon à dix-sept heures.

Le temps des Fêtes s'abattra sur nous au cours des vingt-neuf prochains jours. Ce n'est pas que je veuille me plaindre, mais mes complices ne seront là ni le 24 ni le 25 décembre.

Monique et Yves sortent dans leur famille. Julie va chez une amie. Mes deux filles et mon fils ont eu l'idée de partir dans le Sud pour montrer aux enfants le défilé magique du temps des Fêtes à Disney World. Ils m'ont demandé si je voulais venir, mais en insistant pour me dire que les attentes sont longues à cette période... J'ai décliné, parce que l'idée d'un rendez-vous avec Mickey ou Minnie n'excite rien en moi. L'idée de me retrouver dans une file d'attente ne m'inspire pas particulièrement non plus. Ils ont donc bien fait de m'en parler.

Demain, Isabelle, ma fille aînée, vient me chercher. Nous jouerons à Noël demain soir. C'est important, cette réunion ; elle me permet de donner quelques billets de cent dollars à mes deux petits-enfants, qui ont maintenant l'âge de savoir ce qu'ils veulent et qui préfèrent l'acheter eux-mêmes. Elle me permet aussi de constater que nous sommes une famille malgré tout.

Madame première sera là aussi. Elle est veuve depuis peu, ce qui devrait ajouter un peu de tristesse à notre rencontre. Quelques années après notre séparation, elle a épousé un marchand. Ce que j'ai aimé cet homme! Grâce à lui, j'ai récupéré une bonne partie de mon salaire de l'époque. Un homme bien qui s'amenait avec deux enfants. Une excellente transaction de part et d'autre. Il disait qu'il ne cherchait pas une mère pour ses enfants, mais sa joie d'en trouver une était évidente.

Mes enfants m'ont raconté que c'était un bon monsieur, raisonnablement discret, joyeusement présent, qui avait la grande qualité d'avoir changé l'humeur de leur mère. Je crois comprendre qu'elle a alors cessé d'être ma victime pour devenir la sienne. Merci!

Mais depuis deux mois elle le pleure, et ses sanglots lui reprochent d'être parti trop vite. Ce sont toujours les meilleurs qui partent en premier, disait-elle au salon, en me lançant un regard déçu. Je ne sais pas pourquoi, mais à ce moment, je me suis senti un peu coupable. J'avais manqué encore une fois à mes devoirs. J'aurais dû partir à sa place. Le sermonneur, habituellement prompt à m'attaquer, a pris sur lui de me dire: « Non! Pas le vieux réflexe de l'écœurant! » Tu as beau t'entraîner, il reste toujours un fond. D'autant plus que j'avais lu dans les mémoires *du psy masqué* que quatre-vingt-dix pour cent des gens qui se sentent coupables... ont raison. Une pensée innocente, somme toute, mais qui laisse un poids. J'ai été tenté de parler de karma... Mais elle aurait cru qu'il s'agissait d'une destination dans le Sud. Alors, j'ai dit: « C'est de valeur. » Dire c'est de valeur pour exprimer c'est regrettable, c'est de valeur. Il est vrai qu'il laissait un bon montant. « Que laisse-t-il? » a demandé Claude, mon ancien ami. « Absolument tout! Il n'apporte rien. »

Yves, Monique, Julie et moi nous retrouvons donc avant l'ouragan de Noël; nous fêtons notre maison louée. Après Noël, nous recevrons une deuxième lettre indiquant clairement que le ou les malfaiteurs connaissent bien les détails de nos vies et de celles de nos proches. Nous convenons que cinq lettres suffiront pour établir solidement la piste de l'extorsion. La dernière arrivera quatre jours avant notre départ.

Monique nous fait répéter plus souvent, depuis quelque temps, mais sa bonne humeur compense ce petit problème.

– Connaissez-vous le nom scientifique de la morphine ?

– Pourquoi cela vous intéresse-t-il, madame ?

Nous faisons un quadruple saut. Celui qui demande est le directeur général du centre. Nous ne l'avions pas entendu venir, trop absorbés que nous étions à chercher. Elle répond :

– Mon petit-fils fait une recherche. J'aimerais lui faire la surprise de lui trouver la réponse.

– Vous le savez, vous, monsieur le directeur ?

– Non ! Moi, vous savez, je connais les chiffres.

Mais nous venons d'apprendre quelque chose. Nous devrons être très prudents. Monique va devoir tenir compte de son problème auditif.

– Je suis de plus en plus sotte et sourde comme un pot.

– Pas sotte, Monique, tu penses encore très vite. Le coup du petit-fils, de sa recherche, c'était vraiment super ! Puis, bon, tu entends moins bien, cela nous obligera seulement à nous isoler davantage.

– Si nous prévenions que nous voulons sortir tous les quatre pour aller manger ce midi... Je prendrais bien un verre de vin.

Yves est toujours celui qui propose une sortie. Il a de plus en plus la bougeotte. Il ne dédaigne pas un petit verre de rouge.

– Pour mes artères, évidemment.

Je décline l'invitation et les regarde partir tous les trois dans une voiture taxi. Ce midi, je ne sais trop pourquoi, je sens le poids de mes quatre-vingts ans. Je n'ai pas la légèreté de l'être. Je suis lourd comme si un chagrin tenace remontait à la surface.

Sans raison, pourtant. Le jeu que nous jouons me stimule et me prolonge.

Mais en même temps, je voudrais être plus souvent seul avec Julie. Elle est ma dernière chance amoureuse, elle ne le sait pas. Elle est la réparatrice du grand gâchis qu'a été ma vie avec mes femmes. Mais je ne suis jamais seul avec elle! Je voudrais lui révéler les élans qui me portent vers elle. J'ai peur de mourir avant d'avoir eu le temps de vivre mon premier grand amour. Le premier, je le sais, dans mes veines comme dans mon âme. Le corps et l'esprit se liguent pour dire la même chose. Je ne sais rien d'elle. Je ne savais rien des autres non plus. Mais je sais que cette femme nourrit ce qu'il y a de mieux en moi et éveille des générosités que je croyais asséchées. Elle est l'eau qui me réveille, l'alchimiste que j'attendais pour transformer mon plomb en or. Magicienne de la vie, sorcière discrète possédant les secrets de l'authenticité.

Je suis gauche certes, mais pas apeuré. Au contraire, j'ai des courages qui me portent au-delà de toutes les peurs. Je sais maintenant que la peur, c'est le contraire de l'amour.

Je me dirige vers un homme qui me semble perdu dans ses pensées. Je ne le connais pas. Son regard est vide. Il lève les yeux vers moi, mais c'est comme s'il passait par-dessus ma personne et se retrouvait nulle part. Ailleurs, dans une mémoire qui ne lui dit plus rien.

Comme pour le sida, ils avaient annoncé en 2002 que l'Alzheimer serait vaincue. Pourtant, en 2042, l'Alzheimer a trouvé d'autres chemins dans notre cerveau.

– Qu'est-ce que vous en pensez?... Est-ce une si bonne idée ou seulement une illusion?

– Hé! Hé!

– Je ne me comprends plus; et en même temps, tout est clair. Je regarde Julie et je reconnais le fil invisible qui la lie à moi. Elle ne parle pas, et j'entends ce qu'elle dit. Alors, je veux toujours être avec elle. Il y a évidemment cet infirmier de nuit qui me surveille comme jamais. S'il pouvait seulement disparaître, changer de métier ou de ville... Je n'ai rien contre les homosexuels, mais contre lui, oui. Je le couperais en petits morceaux.

– C'est Ginette qui arrive. Je vais lui dire, moi : Ginette ! Ginette ! Je te vois, Ginette...

– Julie, c'est sûr qu'elle a vu mon amour. Il est partout dans mes gestes, dans mes yeux, dans mes silences. Mais là, je veux lui déclarer que je l'aime. Comme ça doit se faire. Et l'entendre dire : « Moi aussi je t'aime, Philippe. »

– Ça prend une maudite folle pour voler tout le monde tout le temps. Elle est de même depuis qu'elle est petite. Maudite Ginette ! Hé ! Heu...

– Le feriez-vous ? J'ai quatre-vingts ans et j'ai le goût d'espérer. Vous entendez ? Espérer ! Mais un amour a besoin d'un espace. Il ne peut pas vivre seulement dans la tête. C'est pour le vivre pour le vrai que je veux partir. Partir avec elle. D'ailleurs, nous partons.

– Où ?

Ai-je bien entendu ? Il a dit « où ». Qu'est-ce qu'il comprend ? Est-ce un réflexe ? Que répétera-t-il maintenant, chaque fois qu'il me verra ? Merde ! Si on ne plus se fier à la démence pour parler un peu librement ! Il fait claquer ses lèvres, et ses doigts se mettent à trembler.

– C'est bien de partir, c'est très bien. Mais il faut le dire à personne. Il y a des mauvaises personnes ici qui font du mal quand elles savent les secrets. Partir, c'est bien.

Je me lève, mais il tire sur la manche de ma veste. Ses yeux rient, ils étaient morts quand je suis arrivé. Cet homme habite plusieurs étages, manifestement.

– Partir, c'est très bien.

Puis, ses yeux s'éteignent et fixent le plancher. Sa jambe gauche part à la dérive. Un naufrage, qu'il disait, de Gaulle.

« Tu ne vas pas encore citer de Gaulle! »

Si nous n'avons plus le droit à une petite faiblesse, sermonneur, où allons-nous? Quand j'avais vingt ans, j'étais le seul à le citer. Il était passé de mode, le général...

Je m'apprête à partir. Outch! Comme le dirait ma cadette, je viens de frapper un détecteur de genoux. Un coin de table à café. Don d'une fondation.

Je me présente à la salle à manger et m'installe seul à notre table. Mes voisins me saluent et s'informent de mes camarades de repas.

– Une petite sortie...

– Les chanceux!

La préposée me sert la soupe du jour. Une soupe aux légumes qui fait partie de la rotation des soupes; elles sont les annonciatrices de tout le menu. Chaque fois que la soupe aux légumes est servie, c'est que nous aurons le choix entre le pâté au saumon et le bifteck haché. La préposée pose les mêmes questions: pâté au saumon ou bifteck haché?

– Pâté au saumon!

– Sauce blanche?

– NON! PAS DE SAUCE!

J'ai haussé le ton parce que je ne prends jamais de sauce avec le pâté au saumon. Jamais. Ce n'est jamais arrivé une seule fois en deux ans. Mais ils me le demandent tous quand même...

– C'est vrai, vous ne prenez jamais de sauce.

– En effet jamais de sauce; sauf avec les spaghettis sauce tomate.

– Bien oui, sauf avec les spaghettis. Où sont vos amis, Monsieur Dumouchel?

Je pense: partis manger des plats qui ont du goût.

– Partis manger chez Costa, au centre commercial.

– Bon appétit!

– Merci !

Au moment où je commence ma soupe, le malheur arrive et s'installe à ma table.

Une bonne dame vient me tenir compagnie, me raconte que son mari a eu un accident la semaine dernière, mais qu'il va mieux. Il avait perdu son travail, et elle ne sait pas vraiment si, après cet accident, il va pouvoir se replacer. Heureusement, ils n'ont pas déménagé, et leur logement actuel ne leur coûte pas cher. Mais je suis supposé savoir ce que c'est, un homme dans une maison ; il se fait du mauvais sang et il prend aussi de mauvaises habitudes. Tiens ! Il est allé à la brasserie même s'il avait de la difficulté à marcher. Ils l'ont ramené pas mal avancé, si je vois ce qu'elle veut dire.

Elle souffle en me disant :

– Et vous, comment ça va ?

– Moi, je suis seulement vieux, c'est tout.

Elle est heureuse que je n'aie pas grand-chose à raconter, parce que le mari de sa meilleure amie vient de partir avec une autre. À son âge ! Cinquante-sept ans ! C'est dire comme on ne sait pas ce qui peut arriver. Un bon homme, mais elle ne faisait pas vraiment attention à lui. Comme on dit, un homme c'est un homme ! Le sien, il n'y a pas de danger, il travaille trop. Quand il travaille, évidemment ! C'est un gros travailleur. Les soirs... même le samedi et le dimanche ! Il n'aurait pas le temps pour une autre. Travailler autant, c'est presque exagéré ; elle le lui dit souvent. Mais il est comme il est. Elle ne manque de rien...

J'évite de lui montrer ce qu'elle refuse de voir. La préposée me sert de la tarte au sucre. Je la dévore et fuis cette autre manifestation du dévouement. Ouf ! Elle me quitte en me disant de ne pas me gêner si j'ai besoin de parler. Merci !

Chapitre X

JÉRÉMIE avait dit qu'il viendrait me rendre visite. Il est assis devant moi dans ma petite chambre, le grand Jérémie, le fils de Christelle. Mon dernier amour. J'avais cinquante et un ans. C'est jeune. Je venais de traverser le désert du cœur à l'hôtel *Delano* et je me sentais fort. Je me disais que je savais maintenant qui j'étais, suffisamment pour l'expliquer clairement à une femme. Bref, mon pont-levis était baissé et j'en avais assez de toutes mes conquêtes éphémères.

« Et de raconter les mêmes histoires et les mêmes mensonges », me rappelait régulièrement le sermonneur.

Une profonde transformation s'opérait en moi, je voyais plus clairement mes vérités. Je jure que je le croyais, quand je l'ai affirmé à Christelle, lors d'un congrès politique auquel nous participions tous les deux. Moi comme soutien de ministre, elle comme déléguée.

Elle ressemblait à une star. Grande, une peau de soleil, une robe qui flottait sur son corps pour n'en révéler que l'essence tout en laissant exploser des ondes irrésistibles. Charisme. Cela ne s'enseigne pas, cela est. Pourquoi l'ai-je remarquée et pas sa voisine de table, dans ce centre de congrès plein de ses deux mille délégués et observateurs ? Parce que. Je sais seulement que rien ne m'aurait empêché de tenter de m'approcher… Rien. Pas même le ministre qui me demandait des lignes pour son prochain point de presse.

– Je veux ma ligne, je veux ma ligne. Personne ne me donne de ligne percutante. C'est pas étonnant que le fou à Lariny passe à la télévision. Philippe, qu'est-ce que je dis aujourd'hui ?

– Qu'est-ce que tu veux dire ?

– Toi tu trouves, moi je dis. Tu le sais, ce que je pense.

Mais je ne le savais pas. Lui non plus, d'ailleurs ! Nous étions deux à parcourir le square vide de sa pensée. Alors il a déclaré, à la surprise de tous, y compris la mienne : « Les écoles ne sont pas des endroits pour apprendre à jeûner, mais pour apprendre, point. Il ne doit plus y avoir dans nos écoles d'enfants qui apprennent le ventre vide. Il y a des écoles, à Montréal, qui sont le tiers-monde ! »

Le lendemain, en manchette, les journaux diraient sûrement que le ministre de la Santé critiquait son collègue de l'Éducation. Je le sentais. J'avais eu la couverture, mais lui, la mauvaise idée. Je manquais à mes devoirs envers l'image de monsieur. Je n'étais pas non plus rivé à mon téléviseur, à surveiller sa brillante prestation pour le rassurer, quand il s'en inquiéterait. Je mangeais avec Christelle. Elle me racontait ses mille détours et les fissures dans ses rêves amoureux. J'écoutais. Oui, j'écoutais. J'écoutais de partout. Je ne touchais pas. J'écoutais une histoire, pleine à craquer de peines d'amour et de combats courageux pour assumer sa vie et celle de Jérémie.

– Jérémie ?

– Mon fils, il a treize ans.

– Ah bon ! Treize ans !

– Tu as des enfants, Philippe ?

– Oui, trois ! Mais ils sont grands. En apparence...

– Ils ont vécu avec toi ou avec leur mère ?

– Avec leur mère et quelquefois avec moi. Je n'aime pas en parler. Parle-moi plutôt de Jérémie... Tu vois toujours son père ?

– Moi non, Jérémie oui. Mais peu. Le père est parti aider les pauvres en Amérique du Sud. C'est un homme de grandes causes.

Ce n'est pas un homme de petites causes… Nous sommes une trop petite cause pour lui.

Six heures à parler. À tout nous dire. Enfin presque tout.

« Tu cachais bien des choses, Philippe… »

Pourtant non sermonneur ! Je me souviens que c'est une des fois où j'avais été le plus authentique. Bon, d'accord ! Il est vrai que je lui avais caché que son fils Jérémie serait un obstacle majeur pour la suite des choses. S'il devait y avoir une suite. Pourquoi l'aurais-je dit ? Je n'avais pas du tout l'intention de la revoir. Vivre avec son fils, composer avec sa présence… Pas question ! J'avais déjà donné. J'estimais avoir été un père moyen, voire médiocre. Je n'allais pas offrir à un étranger ce que j'avais refusé à mes propres enfants : ma présence.

Je l'ai reconduite à son hôtel. Elle m'a tendu la joue. J'ai dit : « À demain, au congrès… » Elle a souri « oui ».

Je suis rentré à l'hôtel en me répétant que je ne pourrais pas vivre avec une femme qui avait un enfant. C'est déjà difficile de commencer une vie à deux sans la commencer à trois !

– Pourtant, certains le font. Regarde Duval, qui vit avec ton ex. Il faut de la générosité, c'est tout.

– Je suis trop vieux. Cinquante et un ans, c'est l'âge d'une nouvelle liberté. Duval, rien à voir, il arrivait avec deux enfants. Moi, j'arrive seul.

– Pas vraiment seul, Philippe… Ton passé prend beaucoup de place. À tout moment.

– Non, non.

– *Bullshit!*

J'avais mis fin à ce dialogue avec le sermonneur pour prendre un Crown Royal ginger ale. Au troisième, le sermonneur ronflait et moi aussi. Depuis maintenant quatre ans, quand le sermonneur parlait trop, je le faisais taire en buvant beaucoup. J'avais remarqué qu'il ne supportait pas l'alcool.

Le téléphone me sort des vapeurs. Heure furtive. Heure tardive. Au bout du fil, mon ministre gueule et me demande où je me cachais.

– Au Japon, j'étais au Japon !

Je raccroche. Il sonne de nouveau.

– Écoute, Philippe…

– Quelle heure il est, Pierre ?

– Deux heures !

– Deux heures ! Et toi tu m'appelles parce que le vide te donne le vertige !

– Je t'appelle parce que je n'ai pas reçu le texte de mon discours.

– Et alors ! Tu chanteras une chanson à répondre…

Il a évidemment voulu me faire des ennuis au parti, mais j'avais manipulé la mise avant lui. Il a suffi de quelques mauvais articles pour que le premier ministre lui suggère fortement de suivre mes conseils… Comme il était prêt à n'importe quoi pour une limousine, il m'a pardonné et m'a régulièrement félicité pour mes bons services.

J'ai mis deux mois à retrouver Christelle. Elle est devenue ma maîtresse. Elle venait chez moi, mais je n'allais pas chez elle. Je voyais peu Jérémie, si ce n'est les quelques fois où je passais la prendre pour une sortie. Il ne me regardait pas, et moi non plus. Seulement un salut, aussi bref que possible. Christelle ne me reprochait pas cette distance avec son fils. Je n'aime pas ce souvenir.

« Elle avait peur de te perdre. »

Tais-toi !

Je suis parti le jour où elle a suggéré que nous pourrions vivre ensemble et que j'aimerais Jérémie.

– Faudrait essayer, au moins…

– Non, je ne veux pas d'enfant, Christelle, je ne peux pas. Pourquoi ? Je l'ignore.

– Tu m'aimes, je t'aime. Jérémie ne prendra pas de place. Nous serons une famille, Philippe. Une famille, c'est pourtant pas si compliqué à comprendre. Une famille, pour une fois dans ma vie, dans la sienne et dans la tienne, Philippe. Je veux une famille normale.

– Nous ne serions pas une famille normale.

Le sermonneur s'en est mêlé.

– Elle a raison. De quoi as-tu peur? Quitte ton nombril, il y a du monde.

– Ce n'est pas une question de peur.

– Oui, ce n'est que cela!

– Non, je ne veux pas être responsable d'un autre enfant.

– C'est ce que je disais: la peur de l'égocentrique.

– Non, tu vois mal. Je ne sais pas comment faire. Je n'ai jamais vraiment su.

– Admettons! Donne-lui la chance de t'apprendre, à ce jeune homme.

– Ce n'est pas un jeu, sermonneur, pas un jeu!

Puis, je me suis mis à pleurer. Christelle m'a demandé pourquoi.

– Parce que je nous quitte.

Trois ans plus tard, Christelle s'est tuée dans un accident de la route. Jérémie a été très sérieusement blessé, mais il s'en est tiré. Je l'ai visité souvent à l'hôpital. Je lui ai offert de vivre avec moi, il a accepté. Pour lui, j'ai appris à cuisiner encore mieux et plus souvent. La vie se passait bien. Il étudiait, je travaillais. Nous parlions de lui, de ses projets. Je lui racontais mes folies et je le suppliais de les éviter.

– Le répertoire est assez grand, fuis mes erreurs, Jérémie, trouve les tiennes!

Il avait un ordre qui me subjuguait. Il savait d'instinct ce que nous ne savons pas habituellement, nous, les hommes.

« Parle pour toi, Philippe! » Le sermonneur avait ri en le disant. Même pour lui, la vie avec Jérémie a été un moment heureux. Il ne trouvait presque plus rien à redire. Il faut dire que j'allais vraiment bien. Jérémie m'améliorait tous les jours. J'apprenais vite les petits bonheurs, j'étais vraiment doué. Rarement, mais quelquefois, je voyais une dame pour tester l'énergie et me rassurer. Rien de sérieux. Je n'avais pas besoin de plonger dans les méandres d'un autre malentendu. La vie avec Jérémie réparait bien des choses. Mes enfants voyaient Jérémie comme un frère chanceux d'avoir un père et me visitaient comme jamais auparavant. Nous avons vécu ensemble pendant plus de sept ans.

Son départ pour Ottawa a été comme une petite mort, parmi les mille petites morts d'une vie. Il m'avait déjà présenté Mélanie. Ils se sont mariés quelques années plus tard. Comme Jérémie avait un rendez-vous avec la paternité, il m'a fait grand-père lui aussi, comme mes deux filles. Et maintenant il est devant moi, le Jérémie. Un géant d'un mètre quatre-vingt-dix. Un monsieur muscles tout en douceur.

– Comment tu te portes, Philippe?

– Et toi?

– Mélanie est partie.

– Quoi?

– Elle est partie.

– Ce n'est pas dans l'ordre des choses, ça! C'est nous qui devons les quitter, Jérémie.

– L'ordre des choses a changé, tu sais, Philippe; beaucoup, à part ça!

– Les enfants doivent te manquer terriblement.

– Elle m'a laissé les enfants. Elle voulait respirer. « J'étouffe, je me sens envahie », qu'elle m'a dit.

– Partie où?

– En Europe.

Là, c'est le comble. Elle ne fait pas dans la balade à la campagne ! L'Europe. Seule, évidemment, comme les femmes en sont capables.

– Pour longtemps ?

– Elle a dit pour toujours, mais elle verra les enfants dans dix mois.

– Tu devais bien te douter que quelque chose n'allait pas...

Une dépression, peut-être. Nous, les gars, quand nous n'avons pas la dépression, les menstruations ou la ménopause pour nous expliquer les femmes, nous sommes un peu mal pris.

– Ne fais pas de blagues, Philippe. Les gars de mon âge ne pensent pas de cette manière. Non, je n'ai rien vu venir. Elle n'est pas dépressive. Elle m'a seulement dit que la famille, ce n'est pas pour elle. Que je suis un trop bon gars pour elle. Elle veut l'imprévu, l'aventure, la passion... Tout le temps. Elle ne veut pas vivre autrement.

Le petit n'en mène pas large. Je comprends son désespoir résigné et merde ! je comprends aussi le feu qui brûle la Mélanie. Nous ne sommes pas tous faits pour pousser comme un arbre. À la même place toujours. Qui a tort ? L'arbre ou l'oiseau ?

On frappe à ma porte. Ce sont sûrement les amis ! Le personnel, lui, ne frappe jamais. Un détail qui montre que nous ne sommes pas tout à fait chez nous dans nos chambres.

– Entrez !

C'est Julie.

– Tu as de la visite, je reviendrai...

– Non ! Entre que je te présente Jérémie. C'est comme un fils. C'est mon deuxième fils. Mon fils de cœur.

– Bonjour, Jérémie !

– Jérémie, je te présente ma dernière chance, Julie.

– C'est une grosse responsabilité, madame, être la dernière chance de quelqu'un !

– Sûrement, mais de quelle chance Philippe parle-t-il ?

Elle me regarde, et tout son être maîtrise la situation. Il y a dans ses yeux un souffle puissant; et dans son sourire, toute la confiance du monde. Je sais en la regardant que je devrai être vrai totalement. D'ailleurs, c'est de cette vérité dont j'ai envie. Mais, pour l'instant, je veux faire diversion.

– Alors, tu vas venir passer le jour de Noël avec moi! Tous mes amis sortent, ce jour-là, alors on fêtera avec tes petits... comme une vraie famille.

– Je vais voir, Philippe, les parents de Mélanie réclament ma présence.

Je lui demande si je peux informer Julie de sa situation.

– Mais oui!

Julie ne commente pas. Elle se contente de le regarder avec douceur.

– Pardonnerez-vous à Mélanie, Jérémie?

– Pardonner... Est-ce que j'ai le droit d'être en colère et de lui en vouloir? Je ne sais pas si je vais lui pardonner; j'ignore si mes enfants vont lui pardonner un jour. C'est une égoïste. Elle aurait dû y penser avant. C'est aussi l'avis de ses parents. Elle ne veut pas de famille, elle va être servie! Sa propre famille la désapprouve. Elle veut la liberté, elle va avoir le vide. La maudite!

Il ne pleure pas, il crie.

– Pourquoi, Philippe? Pourquoi?

Ses mauvais souvenirs prennent toute la place. Dieu sait que ce n'est pas facile de changer de souvenirs, quand ceux que nous avons ne nous conviennent pas.

Alors, je prends les grands moyens. Je ne réfléchis pas deux minutes. Non, monsieur! Je suis pour l'improvisation. Advienne que pourra!

– Tu sais, Jérémie, tu es mûr pour un changement, pour une folie. Une folie de vieux, mais tu es assez jeune pour ça. Je te préviens: je ne suis pas sous l'effet des médicaments. Pas du tout. Mais il faut que je te demande si tu peux garder un secret...

– Oui, Philippe.

– Jure-le sur la tête de tes enfants, pas sur la tête de Mélanie.

– Bien oui!

– Jure!

– Oui, oui, je le jure.

– Si tu me trahis, tu me tues, rien de moins, Jérémie. Tu parles, et je meurs. C'est simple.

– Allez, Philippe, c'est de la grosse manipulation. Du grand Philippe, des meilleures années. Oui, tu peux me faire confiance!

– D'accord?

– Promis!

Julie intervient:

– Voyons, Philippe, ne sois pas si mystérieux.

Puis, elle croit deviner ce que je veux dire et elle ajoute:

– Tu es sûr que tu veux lui raconter?

Mais généralement, quand je suis parti pour la gloire, je suis parti! Rien ne m'arrête. Trop tard. Pieds dans les plats ou pas, en avant toute. À quatre-vingts ans, bientôt quatre-vingt-un, plus précisément le 3 janvier, je ne me suis pas corrigé, je m'emballe encore. Je suis mon élan. Danger? Aucun danger! Si on me montre les conséquences, je clame qu'une catastrophe appréhendée n'est pas encore une catastrophe.

Celle-là, je la dois à une psychothérapeute du tabac qui faisait aussi dans la stimulation photique et le subliminal. Une découverte scientifique californienne développée à Sherbrooke. La ville, pas l'université. Une grande bonne femme, alcoolique, convaincue que la cigarette, c'était bien pire. Elle est morte en pleine manipulation, alors qu'elle expliquait à un politicien qu'elle pouvait lui programmer des convictions cachées dans de la musique nouvel âge. Elle venait de se faire prendre par l'impôt. Grâce aux bons soins de son ex-époux, qui souhaitait sa pauvreté totale. Rien de moins. Elle est morte prise d'une crampe dite juive, ainsi nommée parce qu'elle a été observée chez certains membres de cette communauté quand ils doivent sortir de l'argent de leur poche pour payer une tournée.

Donc, j'invite Jérémie aux grandes vacances, quatre mois sur une île avec quatre vieux. La folie totale, la liberté totale et une grande aventure pour lui et les enfants. Nous serions les joyeux naufragés de la bohème excentrique. Après, il pourrait se trouver une nouvelle amoureuse, lui raconter ses aventures avec quatre vieux fous de la vie, du vent et du plaisir. Plus jamais une femme ne le tiendrait pour acquis ou pour ennuyeux.

– Philippe, tu es plus malade que tu ne le crois.

– Non ! Je ne te dis pas tout pour l'instant. Tu n'es pas obligé, Jérémie, mais l'aventure est là. Vis-la avec nous. Nous allons t'enseigner que le port des vêtements amples fait respirer le corps et l'esprit. Partir, tu sais, c'est mettre un vêtement ample.

– Au fond, tu me dis que Mélanie fait le bon choix.

– Non, je te dis de faire un nouveau choix. Mélanie n'a rien à voir là-dedans, si ce n'est qu'en ouvrant sa porte, elle ouvre aussi la tienne.

– Mais le boulot, les paiements, l'hypothèque ?

– Rien n'est plus patient qu'une dette ! Elles attendront toutes ton retour. Le boulot ? Ton talent va survivre même si tu pars quelques mois. L'hypothèque ? Je te paie quatre mois d'avance.

– Je vais y penser…

Julie me regarde et découvre que je suis celui qu'elle pense que je suis. Moi, pour la première vraie fois de ma vie, je suis fier d'être qui je suis et que quelqu'un le sache aussi. Attendre jusqu'à quatre-vingt-un ans pour ressentir cela ! Ma foi ! C'est vrai que nous avons besoin de tout le temps que nous prenons.

Je reconnais aisément que ce trait de caractère m'a régulièrement mis dans le pétrin, mais il m'a aussi procuré des joies inattendues, en poussant dans le dos de la vie. C'est une question d'impulsion, au fond. Une manière de vivre qui prend le dessus, une fois de temps en temps. Souvent dans ma vie, mais bon !

Comme toujours, je ne me contente pas de proposer. J'insiste. Mais oui! Une idée doit vivre. Alors, j'insiste. J'ai des arguments pour ramollir les résistances et des réflexes de vendeur. Je dessine avec des mots nos quatre mois et j'en mets un peu. Comme disait Pierre Légaré: « Je suis pas un menteur, mais je suis un agrémenteur. » Donc pour moi, le « Je vais y penser » de Jérémie n'est pas une réponse. Je veux mieux. Je veux un oui. Un oui enthousiaste. Je veux qu'il vienne habiter mon enthousiasme. Je veux surtout qu'il cesse de pleurer comme un enfant. Je veux remplacer son chagrin par un projet. Pleurer, ce n'est pas un projet.

– C'est facile à comprendre, mon Jérémie!

Le sermonneur insiste pour me dire de lui laisser du temps. Je lui réponds que ceux qui prennent trop de temps finissent tous par en manquer et par tout rater.

– Quand même! Tu lui demandes de venir vivre dans ton rêve… Laisse-lui au moins le temps de se l'approprier.

– Se l'approprier, se l'approprier, sermonneur, tu me fais penser aux fonctionnaires demandant toujours du temps pour s'approprier un programme. Une manière de gagner du temps et de ne rien faire.

– Il n'est pas dans un état pour prendre une décision.

– Il n'est surtout pas dans un état pour demeurer dans cet état. Merde, sermonneur! Suis-moi cette fois. Pour une fois.

Il s'est tu, signe d'approbation.

J'ai utilisé toutes les ressources de ma conviction pour finalement arracher à Jérémie un soupir, un sourire, un accord.

Ne restait plus qu'à trouver une façon d'annoncer ce nouvel équipage à Yves et à Monique. Julie m'aiderait. Il faut le reconnaître, si quelqu'un s'avisait de nous chercher, il chercherait quatre vieux et nous serions sept, incluant deux enfants de huit et dix ans. Des grands-parents, un papa et ses enfants. Une belle famille. Sans mère. *Shit happens!*

Chapitre XI

Ce samedi de février donne l'impression de vouloir nous punir, tellement le froid est évident, vu de l'intérieur.

Je viens de monter au quatrième pour rejoindre Yves dans sa chambre. Je le trouve étendu par terre, les jambes levées. Monsieur fait de l'exercice. Des abdominaux, m'explique-t-il.

– Tu sais, Philippe, il faut que nous commencions tous les quatre un petit programme de remise en forme. Tu te rends compte ! Avec les enfants, va bien falloir jouer. Moi, ça fait des années que j'ai pas joué. Déjà que je perds l'équilibre ! Si je perds le souffle en plus…

– Tant qu'à faire, on pourrait se mettre aux jeux virtuels.

– Des jeux virtuels ?

– Oui, des jeux qui permettent aux enfants de se familiariser avec la vraie vie, mais en pire.

– Fais donc pas le vieux croûton !

– As-tu déjà joué à *Kill More Too* ?

– Non !

– *Kill more too*… Plus tu tues, plus tu vis. Quand tu utilises une arme, tu gagnes cent points. Si tu égorges avec tes mains, tu gagnes une vie. L'action se passe dans une chambre froide, à l'étage de la mort d'une prison américaine. Excitant. Il y a même une prime si tu arraches les testicules de l'adversaire !

– Bon ! Tu dis vraiment n'importe quoi. Tout pour échapper à mon programme de mise en forme.

– Pas tout… mais presque !

Nous partons dans un peu moins de trois mois, et ça commence à modifier légèrement nos comportements. Il y a une sorte de fébrilité dans l'air. Mais tout progresse. J'ai même obtenu une hypothèque de 25 000 $ sur mon immeuble. Le directeur de crédit n'a pas posé trop de questions. Mon crédit est bon.

L'arrivée de Jérémie dans nos plans facilite certaines choses. Le vol des médicaments, notamment. Parce que Jérémie devient notre passeur. Il met notre butin à l'abri. Nous avons procédé d'un coup parce que nous pensions qu'on se rendrait compte de la disparition. Ça a été le cas, d'ailleurs.

Nous avons vu défiler une quantité impressionnante de policiers et d'enquêteurs. Devant cet envahissement policier, Monique a même mis en scène une crise d'hystérie ; ce qui a d'ailleurs contribué à les rendre plus discrets. Ils n'ont rien trouvé, sauf une vingtaine de cachets dans les poches de manteau d'un infirmier de nuit, qui n'a pas encore fourni d'explication plausible. Il crie au coup monté, mais certaines mauvaises langues, parmi les enquêteurs, disent qu'il est un habitué des coups fourrés. Nous parlons ici d'une vingtaine d'Ativan, cette pilule largement distribuée pour nous calmer. Surtout les soirs où il y a de bonnes émissions à la télévision. L'infirmier a beau crier qu'il ne comprend pas, sa crédibilité n'est pas très grande. Regrettons-nous ce qui lui arrive ? Non. Sommes-nous devenus méchants ? Non plus. Nous profitons seulement de notre mémoire pendant que nous en avons encore une.

L'enquête sur la disparition des médicaments n'a pas duré très longtemps, parce qu'au cinquième étage, l'équipe du matin a ébouillanté une vieille dame en lui donnant son bain. Impensable ? Tout est possible, ici. Mais cette fois, la famille a alerté les médias et intenté une action en justice. Elle réclame des dommages exemplaires pour compenser la souffrance qu'elle ressent devant celle de l'aïeule, morte de ses brûlures au troisième degré.

La direction a beaucoup de mal à expliquer comment on peut faire couler un bain aussi brûlant. Elle n'a pas tellement le goût d'expliquer, en plus, un important vol de médicaments. Non, ce n'est pas nécessaire, a estimé le directeur général. Il sait d'instinct que le ministre de la Santé n'hésiterait pas à le sacrifier. Alors, il nage dans l'eau du bain, mais évite la pharmacie. Il faut un coupable, ce ne sera pas lui. Pas tout de suite. Après tout, il a des gens sous ses ordres et une retraite à protéger. Mais nous avons bien fait de mettre la main sur tout ce qu'il nous était possible de prendre, parce que la pharmacie est devenue un coffre-fort. Trop tard, comme toujours, mais quand même!

Nous sommes raisonnablement équipés pour faire face aux besoins d'Yves et de Monique. Nous avons aussi de la morphine en deux formats, au cas où nous serions un peu malchanceux et que l'un de nous doive écourter ses vacances.

– Ne parle pas de morphine, Philippe!

Jérémie n'aime pas cette idée. Moi non plus, d'ailleurs, mais j'aime encore moins la souffrance; lui est encore trop jeune pour la craindre.

Trois semaines plus tard, nous apprenons que nous avons raté notre coup avec l'infirmier de nuit. Manque de preuve. Il a été accueilli avec tendresse. Cela se nomme le support du groupe... Ne reste donc plus qu'à le tuer. Tiens! C'est possible. Ce couillon est quand même chanceux! On a déménagé le curé Perron au moment où j'avais presque réussi à lui faire dire: « Il me fait une pipe! » Le tuer, mais comment? Si j'y pense, je trouverai.

– Julie, que dirais-tu si nous assassinions l'infirmier?

– Je dirais « quand », mon amour, quand?

Évidemment, je ne lui pose pas la question, je me parle seul. Une vieille habitude. Ai-je de jeunes habitudes? Non, plus maintenant. Je me parle tout seul depuis l'adolescence. J'ai observé d'ailleurs que je ne suis pas le seul. À un point tel que si tous ceux qui se parlent tout seuls se parlaient entre eux, on entendrait une belle conversation. Un million de clichés dans une traversée du désert.

Un rêve. Je me tourne vers la chaise vide à ma droite. La prends à témoin, puis je me tais.

Suis-je saoul ? Pourtant non ! La chaise me répond. Elle parle. J'aurais dû m'en douter. Les chaises parlent volontiers à ceux qui se parlent tout seuls. Elles ont, elles aussi, l'impression de parler à une chaise.

Parler tout seul, ai-je découvert au fil des ans, ce n'est pas si fou ! C'est comme se donner une porte de sortie ; une belle manière, aussi, de s'attribuer un rôle. Ainsi, j'ai été interviewé tour à tour par les plus grands journalistes de la planète et j'ai été un analyste recherché par les médias. J'ai pu donner mon opinion sur les grands sujets de l'heure et expliquer mes faits d'armes invisibles. J'ai pu aussi poursuivre, à l'abri de la contradiction, les argumentations commencées avec mes semblables et répéter les conversations que je souhaitais éventuellement avoir.

L'avantage de ce soliloque, c'est le contrôle de l'*input* et de l'*output.*

Comme maintenant, quand Julie me répond : « Quand, mon amour, quand ? » Non seulement, elle approuve mon projet de meurtre, mais surtout, elle dit « mon amour ». Ce qu'elle n'a pas fait encore dans la vraie vie.

– À qui tu parles ? Tu sembles songeur…

– À personne !

– Pourtant, tes lèvres bougeaient, il y a eu du feu dans tes yeux, à un moment…

Je me suis fait prendre souvent. Une de mes clientes me disait : « Tais-toi, je t'entends penser. »

J'avoue à Yves mes sombres desseins. À mon grand étonnement, il ne s'y oppose pas.

– Si jamais on trouve une bonne idée, pourquoi pas?

Dans le fond, je me dis que dès que nous serons partis, je penserai à autre chose. Je ne sais pas pourquoi je fais une telle histoire avec cette claque derrière la tête. Oui, je le sais. Je le sais trop. Le respect... Il m'a volé le respect.

Les dames arrivent. Elles sourient comme des adolescentes s'observant devenir des femmes.

– Dans neuf semaines, les gars... Mon Dieu! Que c'est long!

Monique porte déjà ce qui pourrait être son costume de voyage: une robe bleue à plis et une veste bleue. Elle arrive de chez la coiffeuse, qui a donné une nouvelle allure à ses cheveux. Elle est maquillée avec discrétion, ce qui la démarque de la plupart des femmes du centre; celles-là répandent les fards comme si c'était de la jeunesse et se peinturent épais et coloré. Elle répète:

– Neuf semaines... J'ai tellement peur qu'à la dernière minute, quelqu'un nous empêche de partir!

– Impossible, Monique! Qui pourrait se douter que depuis presque sept mois nous préparons une évasion, alors que nous ne sommes même pas prisonniers?

– Quand même! Nous avons l'air beaucoup trop joyeux pour des gens qui sont victimes d'un horrible chantage et d'une extorsion.

– Tant qu'à jouer les malheureux, aussi bien le faire les derniers jours...

– Comment?

– Quatre jours avant le départ, nous recevrons une dernière lettre très menaçante, demandant des sommes élevées. Nous aurons alors l'air soucieux, mais sans forcer.

Pour dire la vérité, nous avons le trac, mais nous sommes invincibles. C'est déjà ça de pris. Nous avons tous les quatre l'impression qu'il n'y a pas vraiment de danger. Notre parcours, à ce jour, est impeccable ; les véritables obstacles sont dans nos artères. Nous avons pensé à tout.

Comment quitterons-nous le centre ? En prétextant une visite chez l'un de nos enfants pendant quelques jours. Le transport ? Nous partons en taxi, chacun de notre côté à tour de rôle, nous nous retrouvons au terminus Voyageur. Là, Jérémie nous attend avec une minifourgonnette de neuf places, usagée et payée 18 000 $ à même mes nouvelles liquidités. Une vieille chose que nous avons baptisée *Boubou.*

Jérémie nous conduira à l'île Lamèque, mais nous nous arrêterons d'abord chez un de ses amis médecin, qui nous retirera les « cookies* ». Les cookies sont issus d'une vieille technologie de plus de quarante ans faisant appel au GPS, à la téléphonie cellulaire et au réseau Internet. Ils ont commencé leur carrière comme mouchards, pour retracer les véhicules volés ; puis, l'arrivée d'Internet a permis une convergence plus intégrale des technologies.

L'implant reçoit, des satellites de localisation, la position exacte du porteur. Un peu comme les cookies placés dans les ordinateurs quand vous naviguez dans Internet et qui racontent votre parcours. L'implant utilise le réseau de téléphonie cellulaire pour transmettre ces données par Internet. Il y a quarante ans, cela se nommait « la communication machine à machine ».

En 2002, une version pour les humains a été mise au point. Au début, on a affirmé que ça pourrait servir à repérer certains délinquants sexuels, particulièrement les pédophiles. Ensuite, ils – je veux dire ceux qui voulaient faire fortune avec les bidules – ont annoncé qu'ils pourraient aussi servir à repérer les vieux ; pour leur protection. En 2005, l'Alzheimer faisait des ravages

* Pauline Gravel, « Avoir son identité dans la peau », *Le Devoir*, 28 mars 2002.

considérables parmi la population âgée, alors le bidule a été bien accepté par les familles inquiètes. Des parents se sont ensuite mis à faire installer des cookies sur leurs enfants…

Aujourd'hui, il y a beaucoup de porteurs de cookies. Évidemment, l'implant a évolué ; dans sa taille d'abord, mais aussi dans sa précision – il vous donne une position à vingt centimètres près – et dans sa capacité de traitement et de stockage de données. Internet permet aussi un contrôle fascinant des paramètres programmés dans le cookie. Ainsi, si vous sortez d'un certain périmètre, un signal prévient l'ordinateur de vos surveillants que vous sortez du territoire qui vous est alloué. Il est même possible de savoir si vous êtes assis, couché ou en mouvement. Vos signes vitaux sont aussi relayés sur une base régulière, un résumé de votre dossier médical est accessible aux médecins, tous détenteurs d'un code d'accès universel.

Internet permet même à plusieurs personnes d'avoir accès à votre position simplement en entrant le mot de passe de votre implant. Dans notre cas, nos enfants, la sécurité du centre et la centrale policière ont accès à notre cookie. Il y a deux versions : la civile et la criminelle. Heureusement, nous portons la civile. Elle est amovible, contrairement à la criminelle. Pour retirer cette dernière, il faut une opération d'amputation. Souhaitons que nous n'ayons pas été trompés…

Les enfants de Jérémie seront gardés par les beaux-parents. Il fera l'aller-retour et nous rejoindra en juin avec les enfants. Il m'a fait valoir que ce serait plus raisonnable. Les enfants ne sont pas encore dans le coup pour des raisons évidentes. Ils apprendront en chemin leur destination.

Nous sommes convaincus de notre parfaite maîtrise des apparences. Les apparences, ces tyrans de l'existence ! Avec les reproches… Mais cette fois, nous ne serons pas victimes des apparences. Quant aux reproches… Nous ne serons pas nécessairement épargnés si, par malheur, la vérité sort à notre retour.

Comme les reproches ont tué plus de gens que le tabac, nous devrons trouver un antidote pour survivre.

Nous avons tendance, tous les quatre, à croire que nos beaux souvenirs suffiront à nous prémunir contre le subtil poison des reproches. Sans compter qu'avec les années, nous avons probablement développé des anticorps efficaces. Nous nous sommes endurcis, sûrement.

Je ne sais pas pour les autres, mais ayant eu à combattre fréquemment des épidémies de reproches, je suis persuadé que je suis naturellement immunisé. J'ai eu beaucoup d'occasions de m'exercer, car c'est d'abord dans l'univers du reproche que je suis devenu autonome. À un certain moment, je n'avais plus besoin de personne, j'étais parfaitement autosuffisant.

Je parvenais à être sournois avec moi-même. Je me regardais en fronçant les sourcils, mes silences étaient lourds de conséquences. Je m'évitais, je fuyais ma compagnie. Une fois, je me suis même boudé pendant une semaine complète. Jusqu'à ce que je me demande pardon ; ce que je me suis empressé de me refuser. Ce serait trop facile de s'excuser. Parfois, je ne me souvenais plus des motifs de mon autocolère. Je me reprochais alors mon insouciance. Je me regardais avec dédain pour mieux me dire : « Tu devrais savoir pourquoi ! » Puis, à force de parler avec mes semblables, j'ai découvert que le sermonneur avait une grosse famille qui logeait un peu partout dans la tête des gens. Les ancêtres du sermonneur s'étaient multipliés depuis toujours, alors la descendance – pour ne pas dire la remontrance – était partout ou presque.

Mais, à notre âge, les sermonneurs sont presque hors d'état de nuire. Ils nous radotent encore quelques mauvais souvenirs pour ne pas perdre la main. Ils nous rappellent, une fois de temps en temps, une grosse connerie ou une méchanceté regrettable, mais la plupart du temps, il nous suffit de pleurer pour passer à autre chose. Les reproches ne savent pas nager et se noient maintenant dans nos larmes.

C'est ce qui se passe quelquefois, quand j'entre dans la chambre de Julie et la surprends à essuyer une larme en me disant bonjour. Je lui demande toujours ce qu'elle a et elle répond toujours : « Rien ! »

– Tu ne pleures pas pour rien.

– Rien que j'aie envie de raconter.

– Ah bon ! Parler pourrait te faire du bien…

– Non, je ne le crois pas.

– Un chagrin raconté est un chagrin à moitié consolé…

– Non, c'est un mythe… Un chagrin raconté reste un chagrin à l'entière charge de la personne qui le ressent.

– Mais quand même !

– Non, je te le dis, Philippe, tu ne pourrais rien faire, puisque je ne peux rien faire moi-même. Il est là, il vient, il va… Je ne décide pas de ses mouvements.

Un soir, quelques semaines avant notre départ, elle m'a raconté. Elle avait, en son temps, pris le même chemin que Mélanie et laissé derrière elle deux enfants. Elle ne les a revus que lorsqu'ils étaient dans la trentaine. Ils lui ont fait comprendre qu'elle n'était plus nécessaire.

– Tu vois, maintenant, qui est la femme que tu dis aimer…

Je le voyais en effet. Une joyeuse naufragée, comme moi.

– Je t'aime, ma belle et douce amie. Je t'aime.

Je lui ai alors posé la main sur l'épaule pour lui demander de m'épouser. Une question d'ancrage. Elle a dit qu'elle m'aimait. Mais que le mariage, ce n'était pas vraiment nécessaire. Elle a ri quand j'ai prétendu que « pour la vie », dans notre cas, ça ne risquait pas d'être trop long.

– C'est vrai, mais le pire s'en vient bien plus vite que le meilleur, et en plus grande quantité aussi.

Touché.

Chapitre XII

Ce soir, nous ne tenons pas en place. Le jour « J » est pour demain. Nous mangeons peu, nous parlons beaucoup. Nous tentons d'avoir l'air soucieux, mais nous sommes trop excités pour nous en tenir intégralement au plan. Demain, congé de tout : les odeurs, les cris, l'urine sur les planchers, les confus, les agonisants, les déments, les morts, le manque de personnel, la bouffe sans goût, le café neutre, le bruit jour et nuit, les petites promenades, le jeu de poches, les dards en velcro, les chorales, les parties de cartes, l'indifférence, les absences, la visite, la fête des Pères, la fête des Mères… Congé de vieux pour quatre mois. Nous serons jeunes, beaux et en santé. Après on verra ! Mais pour l'instant, nous partons. À notre table, il est question de homard et de beurre fondu. Monique dit : « Je vais aller à la pêche, c'est mon tour… »

Une fois, nous rions aux éclats, nos voisins arrêtent de parler pour nous observer. Nous les saluons. Je dis à haute voix :

– Il vaut mieux en rire qu'en pleurer.

Précaution inutile, mais sait-on jamais ? Yves reparle des fameux cookies :

– C'est vraiment possible de les enlever, vous croyez ?

– Le copain de Jérémie le prétend, et c'est aussi ce que m'a dit l'infirmière qui m'a placé l'implant.

– C'est quand même imbécile de notre part d'avoir dit oui.

– Comment refuser ? Tout le monde insistait…

Yves est allé chercher nos lettres anonymes dans son coffret. Nous les déposerons ce soir dans nos placards ; bien cachées, mais aisément trouvables.

Le centre est prévenu que chacun de nous part dans sa famille pour au moins trois jours. Sauf Julie qui n'a pas de famille ; elle part chez une vieille amie.

Dans le dossier, les paramètres de nos cookies sont modifiés pour que notre territoire comprenne la grande région de Montréal. Nous serons, avec un peu de chance, à l'abri de l'inquiétude officielle durant cette période. Après, nous serons aussi loin que nous le voulons.

Nous avons préparé un petit bagage de rien du tout, les infirmières nous ont préparé nos médicaments. Je dis « nos », mais Julie et moi n'en consommons pas. Yves a besoin de pilules pour sa circulation sanguine et le contrôle de sa tension. Et aussi un truc au nom long comme un détour pour aider son équilibre. Monique prend quelque chose pour l'arthrite et un médicament à base de bactéries qui aide à ralentir les symptômes de l'Alzheimer. Elle ne doit pas manquer de celui-là ! Pour l'instant, tout est réglé pour elle. Julie a dit que l'univers ferait en sorte que la maladie de Monique ne se pointe pas.

Après tout, ses pertes de mémoire sont apparues il y a seulement trois mois. Les médecins sont intervenus rapidement. Rien à signaler au chapitre de sa mémoire depuis, si ce n'est qu'elle est un peu plus nerveuse et qu'elle mémorise de la poésie pour se garder en forme.

Le repas terminé, la préposée nous invite à passer au salon. Nous retardons la mise en place du petit déjeuner, elle aimerait bien terminer sa journée, précise-t-elle.

Nous quittons ce haut lieu de la gastronomie, que nous avons baptisé la Vieillardine, pour nous trouver une place au salon. Mais toutes les places sont prises. Alors, nous nous résignons à regagner nos chambres. À notre étage, je suis Julie et m'invite chez elle. Je suis fébrile et le lui communique :

– Je ne sais pas si je pourrai dormir.

– Moi non plus.

– Partir m'a toujours fait le même effet. Mon corps change, mon esprit aussi, particulièrement la veille du départ. On dirait que mon être se mobilise, tellement il a peur de le rater.

– Je sais, je vis la même chose. C'est comme l'attraction terrestre...

– Tu te rends compte : nous allons nous faire le cadeau d'une folie ! La dernière, mais une maudite belle folie !

– Pourquoi la dernière, Philippe ? Nous sommes jeunes, beaux et en santé !

– Tu sais que je te crois, quand tu dis ça ? Je te crois, même si le temps nous marque.

– Le temps nous évite quand il nous entend répéter cette formule magique : nous sommes jeunes, beaux et en santé !

C'est un sorcier qui me l'a enseignée dans le désert du Nevada.

J'ai quatre-vingt-un ans. Réaliste et mature, pourtant j'achète la formule. Je la répète à tout moment. Elle me dirait que nous ne mourrons pas, je me laisserais tenter. Je prends sa main, je lui demande : « Qui es-tu ? » Elle plonge ses yeux dans les miens et me sourit. J'approche mes lèvres des siennes et l'embrasse doucement. L'éternité ressemble à ce baiser... Elle entrouvre délicatement les lèvres, je me noie pendant que mon corps se demande ce qui arrive. Je reconnais ce frisson, je reconnais cet état : le désir. Est-ce possible ?

Oui. Mes mains n'ont pas besoin de mes yeux pour trouver la peau nue de son épaule et glisser lentement vers sa poitrine. Elle prend mes mains et les retient, puis retire ses lèvres. « À demain, Philippe ! Je suis tellement heureuse de te trouver et de partir avec toi ! »

En mots de femme, elle veut dire : pas maintenant, mais plus tard...

Après nous avoir raconté une autre fois ce que nous espérons des prochains mois, je retrouve mon petit coin du troisième. Cette fois, l'infirmier gazelle n'est pas venu nous interrompre. Une chance! Oui, une chance comme nous en connaîtrons beaucoup d'autres, si j'en crois Julie.

Je me couche, mais le sommeil ne vient pas et s'il vient, je ne m'en rends pas compte tellement j'ai l'impression de voir la nuit s'écouler lentement. J'ai hâte comme ce n'est pas possible. Je reconnais cette excitation. Je croyais qu'elle m'avait quitté avec l'âge, mais finalement c'est moi qui l'avais quittée, en me contentant de cette vie tranquille.

Je me suis autoproclamé vieux à soixante et un ans. Mis au rancart du cœur et des mouvements vivants que sont les rêves et les projets. Pourquoi? Je n'ai pas de réponse intelligente, mais des éclairs passent pour me dire que depuis quelques années, je me suis beaucoup disqualifié. Mine de rien. À force d'entendre le sermonneur, j'imagine que je le croyais plus que je ne le voulais. Il laisse des traces, le sermonneur caché dans les coins de nos êtres. À un moment, le sermonneur a retenu mon souffle et ralenti mon pas. Je me suis mis à vivre dans le passé avant l'heure, à regretter mes folies de jeunesse et les moins jeunes. Comme j'avais beaucoup de temps et peu à accomplir, je me suis consacré au grossissement des faits ordinaires de mon existence.

Voyage au cœur du nombril d'un inadapté habile, qui m'a conduit aussi loin que le malheur voulait aller. C'est totalement imbécile, mais c'est ma réalité. Ce voyage, je le gardais pour moi, n'en racontant que des bribes innocentes à mes toujours fidèles amies, qui me laissaient croire qu'elles n'y voyaient que du feu. Elles me rendaient visite de temps en temps; comme je racontais toujours la même histoire, elles ne perdaient jamais le fil, même en espaçant leurs visites. J'étais comme ces téléromans quotidiens; tu peux les rater pendant quelques semaines sans rien perdre du sort des personnages.

J'ai remarqué que je ne suis pas seul dans cette situation. Les gens racontent toujours et longtemps la même histoire. Par exemple, mon amie Johanne raconte encore la maladie de sa fille, qui a survécu, mais elle avait eu tellement peur de la perdre ! Sa fille a cinquante-quatre ans, maintenant, et Johanne ne se souvient, ma foi, que de sa maladie et des années pendant lesquelles elle a eu peur de la perdre... Je lui dis quelquefois que la « petite » a une santé de fer. La preuve : elle a eu trois maris et continue à son âge de courir le marathon. La petite veut toujours faire la preuve de sa santé à cette mère inquiète.

Ou encore mon collègue journaliste qui me redit depuis quarante-quatre ans que s'il l'avait voulu, en 1999, il serait allé faire carrière aux États-Unis en travaillant pour un grand magazine. Mais sa femme et ses enfants ne voulaient pas suivre, alors il s'est sacrifié. Mais il aurait pu. Pas de doute, il aurait pu, me raconte-t-il chaque fois que nous nous voyons.

Je me souviens que mon père et ma mère pleuraient en duo quand ils racontaient le feu qui avait ravagé leur première maison... « Nous avions tout perdu ! » Quand ils se retrouvaient avec mes oncles et mes tantes, c'était devenu un rituel. Chacun avait la même histoire à raconter. Ils pleuraient toujours à la même place, comme si leur propre histoire les prenait par surprise. Fascinant, pour des enfants ! Mes cousins et moi écoutions en nous répétant d'avance les chutes de ces malheurs. Pas une fois ils n'ont changé ; trente ans plus tard, cette triste bande étouffait encore ses sanglots aux mêmes passages.

Une de mes tantes, sœur de mon père, ne parvenait jamais à finir, tellement son chagrin lui revenait. Alors, mon père continuait : « Ça pas dû être drôle, de perdre ton mari ! T'étais tellement jeune, avec deux bébés en plus ! T'as été vraiment très courageuse, ma petite sœur ! » Elle faisait oui de la tête, contente sans doute de détenir le meilleur malheur de la famille. Le malheur gagnant. Comme le pire bonheur. Quand elle est morte, les oncles et les tantes sont tombés d'accord avec mon père : son chagrin l'avait emportée. Elle avait soixante-seize ans !

« Elle a quand même été emportée lentement. » C'est ce que je me suis dit quand mon père a dit ça. Mais je ne l'ai pas dit à haute voix, parce que ces gens-là tenaient beaucoup à leurs histoires tristes. Je les comprends, je suis comme eux, moi aussi, depuis quelques années. Mon amie Marie-Ève dit même que si je perds la mémoire, c'est ma vieille mémoire, celle de mes conditionnements, qui va partir en dernier. Moi, depuis au moins vingt ans, je raconte mes velléités, mes malheureuses femmes et mes enfants, que j'ai pourtant aimés tout au long de ma vie. Et les amis de gars que je n'ai pas eus ; et puis la famille éclatée, puis élargie, puis éclatée de nouveau. Une sorte de pizza avec des millions de pointes... Mais avec ce voyage sur l'île Lamèque, je crois que je me prépare une belle mémoire fraîche. Elle prendra toute la place.

– Bonjour, Monsieur Dumouchel ! C'est l'heure de se lever !

Mais non, petite, c'est l'heure de partir...

Chapitre XIII

Ce matin, de la fenêtre de ma chambre, je les ai vus partir. À moi, maintenant ! Je prends mon petit bagage, j'enfile une veste.

– Vous êtes beau, ce matin, Monsieur Chose ! Allez-vous rejoindre votre amoureuse ?

– Oui. Ma fille cadette, c'est l'amour de ma vie.

– Elle est chanceuse d'avoir un père comme vous !

C'est moi qui suis chanceux, je le sais trop bien quand j'actionne le bouton d'appel de l'ascenseur. Quand le taxi se pointe, je me dis que mon cookie va leur dire assez vite que je ne suis pas chez ma fille. Mais ils ne regarderont pas. « Il est chez une de ses filles. » Le confort de la certitude.

Quand nous arrivons à la rue Maisonneuve, en face du Terminus, je règle et je sors vite rejoindre les Gris.

Un klaxon. Jérémie et la Boubou, avec à son bord des sourires fendus jusqu'aux oreilles et des mains qui s'agitent.

« Allez, bonhomme, plus vite ! » J'accélère le pas. Mon genou droit me dit de me calmer. Je cours, alors mes chevilles mettent de l'ordre dans mon excitation : *Calmos, papy !*

– Direction Morté Del Riré, s'il vous plaît !

– Oui, monsieur, tout de suite ! me lance Jérémie.

J'entends miauler. Jérémie m'explique :

– Mes chats. Vous allez vous en occuper. La liberté leur fera du bien.

– Mais Jérémie, il n'a jamais été question de chats !

Il ne répond pas et continue de sourire.

– Quand même, Jérémie, tu aurais pu en parler !

– T'aimes pas les chats ?

– Oui, mais nous n'avons pas besoin de compagnons. Nous sommes assez nombreux ! Franchement !

– Bon, d'accord, Philippe, je croyais te faire plaisir.

– Je regrette de te décevoir. Nous aurons tout le mal du monde à prendre soin de nous ! Des chats, non !

– Ils feront l'aller-retour, n'en parlons plus.

Le Jérémie est joyeux, ce matin, il ne boude pas mon refus un peu sec de ses bébés chats. Il se laisse emporter par les rires des gamins qu'il transporte vers une île mystérieuse où pousse de la tourbe et où les pêcheurs maudissent les quotas des années 2000 qui ont permis de vider la réserve. Maintenant, ils sont recyclés dans le poisson transgénique. Ils font pousser des morues grosses comme des thons et des homards qui ont l'air de petites voitures. Mais, selon ce que nous avons lu dans Internet, il y a moyen de trouver des homards naturels. Ils sont très chers, et c'est risqué. Leur cueillette est interdite, bien que Greenpeace prétende que la population s'est rétablie. Mais le homard GM a coûté une fortune, alors pas question de revenir en arrière. Sauf que le maire de l'île Lamèque, en 2020, a eu la bonne idée d'inviter les Micmacs à revenir y vivre. Depuis, comme ils ont le droit de pêcher pour leur subsistance, il y a toujours moyen de manger du petit homard sur l'île. Les homards GM sont pour les autres. Belle époque ! Les rois passent, le peuple persévère…

– Mon ami Jean nous attend dans un parc près de Sorel.

– Il est mieux de savoir ce qu'il fait, ton ami, parce que nous sommes entre ses mains.

– Il le sait. Ce ne sont pas les premiers cookies qu'il enlève.

Nous sommes partis depuis trente minutes quand Yves demande si nous pouvons nous arrêter dans une station-service, pour un petit besoin…

Yves n'a pas tout raconté. Personne, d'ailleurs. Nous découvririons que les pauses pipi vont devoir se répéter souvent. Nous avions tort de croire que nous serions à l'île Lamèque en soirée. Erreur d'évaluation.

Mais pour l'instant, nous sommes au-dessus de nos affaires. Nous croyons dur comme fer que nous sommes beaux, jeunes et en santé.

Nous arrivons finalement à Sorel, près d'un parc longeant le fleuve ; nous remarquons rapidement une camionnette noire. Jérémie stationne, un homme d'une trentaine d'années en sort et nous rejoint.

– Salut, Jérémie !

– Hi, Jean !

– Alors, on se libère ce matin !

J'aime bien la tête de ce jeune homme. La vie lui va particulièrement bien. Un homme content ; s'il ne l'est pas, il le joue bien. Pour jouer la joie de vivre, il faut du talent. Beaucoup de talent. Mais lui ne joue pas. Manifestement, il compose bien avec la vie. Petite symphonie du bonheur simple qu'une voix douce et rieuse annonce dès le lever du rideau.

Il nous explique que l'extraction prend une minute. Vite dit, vite fait. Il a déposé les quatre cookies dans un pain croûté, pour éviter d'enclencher le signal d'alarme. Il nous raconte qu'au moment de l'extraction, le cookie a continué à transmettre sa position… Les cookies seront transplantés dans les corps de quatre chats qui brouilleront les pistes. Un surveillant attentif remarquerait la brève rupture de signal, mais avec un peu de chance, personne ne s'apercevra de rien. Les cookies continueront de donner signe de vie, bien cachés dans les minets. Quand ils découvriront que nous ne sommes pas là où nous devrions être, ils noteront que nos signes vitaux sont anormaux. Quatre ou cinq jours trop tard. Oui, ils retrouveront les chats. Et alors ?

Nous réglons notre troisième grosse dépense: 3 500 $. Le temps, le risque et le prix de quatre chats. Le bon docteur n'a pas voulu les acheter, Jérémie s'est chargé de l'affaire. Je le regarde, son clin d'œil me dit que le jeune homme va définitivement mieux.

Cruauté? Peut-être, mais notre liberté la vaut bien. Nous laissons filer les chats dans un quartier résidentiel de Sorel, rue Mom. Ils trouveront preneurs, tentons-nous de nous convaincre. En fait, nous apprendrons quatre jours plus tard par les bons soins de Jérémie que le cookie de Monique s'est fait écraser vingt-quatre heures après notre départ par une Harley-Davidson. Ceci a déclenché l'alarme et une recherche poussée pour nous retrouver, quand il est devenu évident que nous n'étions pas où nous étions censés être. J'ai été retrouvé dans un arbre, complètement affolé, tandis qu'Yves et Julie s'étaient réfugiés dans une famille d'accueil où les enfants les avaient rebaptisés « Fripou » et « Velcro ». Oui, dans sa vie de chat, Julie était un mâle! Jérémie n'avait pas poussé le sens du détail jusqu'à acheter deux femelles et deux mâles. La vraisemblance a des limites. Surtout pour les jeunes.

Nos premiers jours à l'île Lamèque ont donc été particulièrement inquiets. Jérémie nous tenait au parfum du branle-bas entourant la découverte de notre disparition. Nous faisions la nouvelle. Une grosse nouvelle. Nous étions au centre d'un vent médiatique prenant chaque jour de l'ampleur, les journalistes se battaient pour trouver le détail, la nouveauté qui leur donnerait l'avantage du suivi. Le mandat qu'ils recevaient tous ne pouvait pas être plus simple: trouver un nouvel angle. Alors, les angles se multipliaient.

Dans l'ordre et le désordre, nous avons eu droit à un portrait de nos vies, avec les témoignages de nos enfants, de nos amis, du personnel du centre, de nos médecins, de gens qui avaient été nos voisins ou nos compagnons de travail. Tous heureux d'avoir quelque chose à dire sur notre compte. « Oui, je l'ai bien connu… »

Les lettres de menace avaient été découvertes. Nous étions enlevés. Sans doute morts. Nos photos étaient partout. La télévision multipliait les émissions sur le destin des vieux et la violence dont nous étions victimes, de plus en plus. Presque toujours. Puis, la ronde des coupables. Le ministre de la Santé torturé à l'Assemblée par l'opposition qui réclamait sa démission. « Le ministre qui ne protège pas les vieux, participe au crime! » criait le critique de l'opposition. « Le ministre fera enquête! » répondait son cabinet, en soulignant que la direction du centre aurait des explications à fournir.

Alors, le directeur du centre blâmait le personnel et enquêtait lui aussi, comme tout le monde. Le syndicat des infirmiers et infirmières dénonçait la pénurie de moyens et de personnel. Le fabricant des cookies confessait que, oui, il y avait des limites à la technologie, son entreprise intensifiait la recherche pour lancer le cookie parfait. Mon passé de journaliste créait une solidarité parmi les journalistes, qui se croyaient investis du mandat d'en mettre davantage. J'ai eu droit à une synthèse de mes faits d'armes et suis devenu, du jour au lendemain, un bien meilleur journaliste que je ne l'avais été.

Un spectacle a été organisé pour recueillir des fonds pour les vieux sans ressources; un autre pour soutenir le moral de nos familles inquiètes. Le président du bureau d'assurances du Canada a expliqué que nos familles ne pourraient pas toucher les fruits de nos assurances, nous ne serions morts officiellement que dans sept ans, à moins que nos corps ne soient retrouvés. « Dommage », ont dit nos enfants *in petto.*

La police a été blâmée pour sa lenteur à retrouver la trace des méchants bandits. Bref, personne ne savait où nous étions. Un journaliste, fouillant notre passé, a découvert l'histoire de Julie et l'a racontée sous le titre: « La mère indigne ». Heureusement, un avion s'est écrasé au décollage à Dorval, nous lui avons cédé la place dans l'actualité: deux cent quarante-six victimes. Nous n'étions que quatre. Nous ne faisions pas le poids. Le ministre de la Santé devait être drôlement soulagé que les réflecteurs se déplacent sur le ministre fédéral des Transports. Le vent médiatique s'est mis à souffler sur ce nouveau sujet. C'est dans la nature de la bête. Comme disait un journaliste de la télévision : « Nous faisons tourner la roue. » Et elle tournait. Un rouage… « Pas facile de découvrir que nous ne sommes qu'un rouage, n'est-ce pas, Philippe ? »

Notre arrivée à l'île Lamèque se passe magnifiquement. Monsieur Bezeau se montre charmant. Il est content de nous apprendre l'enlèvement de quatre vieux. Sa fille, qui habite Montréal, lui en avait parlé.

– Mais ici, c'est tranquille, vous n'avez rien à craindre !

Il a mal interprété le regard inquiet de Monique et a voulu la rassurer. Chaque jour, il vient parler un peu avec nous. Il a cessé de parler des quatre vieux depuis qu'il a lui-même décrété qu'ils sont morts.

– Que voulez-vous que des bandits fassent de quatre vieux, une fois qu'ils ont leur argent ? La même chose que les enfants : rien !

Notre mort nous rassure. Nous aurons la paix. Il nous raconte sa vie sur cette île, qu'il n'a jamais quittée, contrairement à ses enfants. Ils ont fui la monotonie insulaire et la beauté du paysage pour plus d'action et de perspectives. Je crois aussi qu'il vient nous voir parce que nous mettons beaucoup de vie dans sa maison. Nous sommes beaux à voir. Nous avons installé une énergie nouvelle, et les murs commencent lentement à ressentir notre plaisir…

Nous aimons la maison. Elle est grande, blanche, avec une galerie qui en fait le tour. Une maison de bois qui a demandé et reçu l'affection dévouée de son propriétaire pour lui conserver sa beauté, malgré toutes ces années passées dans le vent et l'air salin. Deux étages, les pièces de vie au rez-de-chaussée avec un immense salon et une salle à manger dont les fenêtres ouvrent sur la baie des Chaleurs. « Par temps clair, nous a dit monsieur Bezeau, on peut voir la Gaspésie. » Un foyer de pierre pour les vraies bûches domine cet espace. Les meubles du salon ont un petit côté décadent totalement confortable. Un grand divan permet de s'étendre à deux, les fauteuils invitent à l'abandon.

Au début du siècle, la modernité avait touché l'île Lamèque. L'ameublement et la déco font penser à l'hôtel *Delano*, à South Beach, dans les années 2000.

À l'étage, quatre chambres, dix lits, trois balcons, deux salles de bains, un foyer dans la grande chambre.

Nous sommes surtout admiratifs devant l'escalier qui conduit aux chambres. Une œuvre d'art, comme seul le bois permet d'en produire dans une maison. Admiratifs et aussi craintifs. Il faut le monter et le descendre quelques fois par jour. Nous sommes des vieux d'ascenseurs, pas d'escaliers. Ainsi, nous nous encourageons à la prudence. Depuis une semaine que nous habitons ici, nous n'avons pas encore brisé nos reins, nos hanches ni nos tibias dans ce magnifique escalier, dont les dix-neuf marches nous apparaissent particulièrement glissantes. Bien sûr, Yves nous fait des petites peurs par sa manière bien particulière d'aborder une montée ou une descente. Son mouvement de recul et son oscillation de balancier sont ponctués par des « Ho! Shit! » assez sonores, chaque fois annonciateurs d'un malheur éminent. Mais le bougre retrouve une forme d'équilibre qui, même précaire, lui permet de maintenir le cap. Arrivé à destination, il rit comme un géant qui a vaincu sa petitesse.

Outre notre frayeur devant l'annonce, plus rapide qu'il n'était prévu, de notre disparition et devant la possibilité qu'un tel vent média puisse souffler jusqu'ici, notre installation se déroule comme un jour heureux. Nous avons joué les chambres au poker, cinq cartes ouvertes. Yves a gagné la grande avec le grand lit et les deux petits lits. Monique, la verte avec trois petits lits. Julie, la bleue avec le lit à deux places et un petit lit. Et moi, celle en rénovation avec deux petits lits. Mais la mienne possède un balcon donnant sur la baie des Chaleurs.

Comme prévu, Julie a pris le contrôle du jeu à notre arrivée pour acheter les vêtements qui nous manquaient. En fait, elle, Monique et Jérémie ont trouvé la rue JD-Gauthier à Shippagan et ont fait le tour des magasins. Il est encore préférable que nous ne soyons pas vus tous les quatre ensemble. Précaution. Paranoïa. « Dès que j'ai le dos tourné, je sais qu'ils disent que je suis paranoïaque. » J'ai raconté cette blague un million de fois, mais elle me fait encore rire. Yves rit par politesse et me demande si j'ai l'intention de la dire souvent…

– Aussi souvent que je vais oublier que je l'ai dite.

– L'été va être long !

– Non, monsieur, l'été sera court… sauf pour les pisse-minute !

– Ne ris pas trop vite, Philippe… J'ai remarqué que ta Julie contient moins qu'avant, elle aussi.

– Chut, je ne vois que ce qui me plaît.

– Tout ne te plaît pas ?

– Oui, tout ce que je vois. Mais j'ai une vision sélective. C'est le privilège de l'âge. Tu vois ce que tu veux, tu entends quand tu le veux… Ainsi, la vie paraît moins dure.

– Dieu est bon, Roméo n'entend pas ronfler Juliette.

– Je ne dors pas avec elle, je ne peux pas savoir si elle ronfle.

– Moi je dors dans la chambre voisine… Si elle ne ronfle pas, mon Philippe, alors elle te trompe avec un mec qui ronfle !

Nous avons arrêté cette conversation futile à l'arrivée de nos acheteurs délégués, pour aller donner un coup de main. Les filles, tout heureuses de nous montrer nos nouvelles fringues, parlent avec un enthousiasme juvénile, nous nous laissons emporter par cette belle énergie. « Tu seras beau, là-dedans », me dit Monique en me montrant un pantalon en denim et une chemise bleue. Elles ont fait preuve de retenue, mais en même temps, pensé à tout. Nos placards contiendront peu, en somme, mais assez pour passer un été qui connaît les quatre saisons. Le seul vrai problème sera l'entretien. Je parle pour moi.

Jérémie, lui, transporte patiemment notre épicerie de base et la nourriture, qui sera notre plus grand luxe et notre extravagance quotidienne. La cuisine change déjà de senteur, grâce aux herbes, qui avaient disparu de notre univers au centre d'accueil. Rapidement, Julie cuisine une soupe aux légumes qui, de toute évidence, ne goûtera pas la poudre. La maison laisse flotter ces arômes jusqu'au salon. Nous gardons les fenêtres entrouvertes, car, ici comme ailleurs, le vent transporte les odeurs qu'il cueille sur son passage. Ce sont les parfums qui diffèrent. Nous avons appris, depuis, qu'il arrive parfois au vent de passer par-dessus les bassins de piscicultures et les usines de transformation de poissons. Mais le vent tourne et s'en retourne. Alors rien à redire, appelons ça l'odeur d'une île de pêcheurs. Nous mettons au point une technique d'odorat sélectif. Un atout de plus dans nos vies.

Nos sept premiers jours se sont donc déroulés normalement, dans les circonstances. Nous apprenons à nous connaître. Nous rêvions ensemble, mais nous ne vivions pas ensemble. Nous savons déjà un certain nombre de choses sur nous. Comment chacun délimite son espace et participe à l'espace commun. Comment nos êtres circulent, les ondes que nous déposons dans la maison. Nous découvrirons cela un peu plus chaque jour. Nous apprendrons les rythmes, les humeurs et aussi les couleurs du temps de chacun. Nous avons décelé déjà un petit problème de rien du tout.

Nous sommes trois lève-tôt, et je n'ai pas l'habitude d'avoir de la compagnie de si bonne heure. C'est dérangeant. Nous en avons justement parlé, hier soir au repas, en dégustant une salade californienne. C'est moi qui ai commencé. J'avoue que le matin, je suis de bonne humeur et souriant dans la mesure où je suis seul. Je fais mes petites affaires, j'écris un peu, je lis, je me promène dans mes pensées encore assez vastes pour que je m'y perde. Bref, ce sont mes heures. Elles m'appartiennent. Pas touche.

Ici, je ne suis pas aussitôt levé que j'entends descendre Monique et Yves. Tous deux prêts, à quatre heures du matin, à vivre leur journée. Moi, je pense seulement à flâner. Alors, la conversation et le mouvement sont de nature à mal commencer ma journée. Les premiers jours, je voulais participer à l'harmonie de notre petit groupe mais hier, j'ai exprimé délicatement que moi, le matin, j'aime être seul.

– Nous n'allons pas prendre une marche à quatre heures du matin !

– Non, mais il y aurait moyen que nous soyons debout sans être présents, chacun dans notre coin à prendre notre premier café.

– Moi, j'aime parler, le matin. J'ai les idées bien plus claires que le soir.

– Mais Monique, tu peux sûrement attendre quelques heures… Disons deux heures en silence… Puis, on se fera la causette. Promis !

– Deux heures, mais c'est de la torture ! Moi, le matin, je n'ai rien à penser.

– Mais qu'est-ce que tu faisais, au centre ?

– J'allais parler avec madame Prud'Homme devant le poste des infirmières.

– Et toi, Yves ?

– Moi, quand j'ai lu cinq pages, les yeux me brûlent. Le matin, j'aime bouger. On dirait que j'ai plus d'équilibre. Des forces renouvelées, sans doute.

– Bon, si on se divisait le bas… Vous prenez la cuisine et la salle à manger, moi je prends le divan devant le foyer. Si tu veux tant bouger, tu allumeras le feu. Vous parlerez dans la cuisine.

– Ça commence mal!

Julie intervient.

– Mais non, tout commence bien! Vous pouvez en parler, au moins, c'est déjà bon!

Julie, notre arbitre, s'endort généralement au moment où je me lève. Pratiquement. Elle ne trouve pas le sommeil et a renoncé depuis des lunes à le chercher. Alors, elle lit. Pour l'instant, je n'en sais pas plus.

Pour elle, de toute manière, j'apprendrais à me coucher un peu plus tard. Mais pas trop! Si elle aime ses grands soirs comme moi mes petits matins, alors nous aurons chacun nos brumes personnelles. Je comprends. Il y a un moment où deux, c'est trop.

Sous l'œil moqueur de Julie, nous sommes arrivés au compromis suivant: Yves et Monique me diront bonjour, je répondrai, c'est tout. « À plus! » sera le mot de code quand je voudrai retrouver ma tranquillité.

Ce matin, c'est donc le premier matin de nos nouvelles manières. Le feu dans la cheminée, le café sur la table, mes notes… Monique et Yves jacassent comme s'ils n'allaient plus avoir l'occasion de se parler. Ils ne sont pas venus me voir, mais je les entends rire fort et chuchoter. Tout au plus, Yves vient avec la cafetière pour m'offrir de réchauffer. Il me regarde à peine et pouffe de rire en se retournant. Décidément, la vie avec les autres exige du génie et le sens du sacrifice. Ils font un effort raisonnable, mais les failles sont nombreuses. Monique marche sur la pointe des pieds dans le salon. Elle résiste un moment puis, comme si elle allait manquer d'air à force de retenir son souffle, elle me demande:

– À quoi tu penses?

– ...

– À quoi tu penses, Philippe?

Je lève les yeux lentement. Je lui souris, je replonge dans mes pensées.

– Quand même, tu m'inquiètes...

– Je pense que les petites patates ne seront pas grosses cette année. Je pense aussi que je vais marcher un peu. Je pense que tu es une bonne personne et que je ne sais pas comment te dire qu'il est cinq heures: mon être social dort encore.

– OK, OK! J'ai rien dit.

Somme toute, c'est tellement « moins pire » que les intrusions dans mes matins au centre d'accueil. Surtout quand, vers six heures, l'odeur du pain grillé annonce que la vie sera douce encore. Alors, je me rapproche de la table, Yves et Monique ont préparé les jus, un nouveau pot de café, des toasts, des œufs et du jambon. J'oublie le silence pour partager avec mes amis mon plaisir d'être vivant parmi eux. Julie ne se montrera le bout du nez que vers dix heures. Pas avant. Elle dort ses matins, cela ne lui était pas permis au centre. Elle se reprend. Pour elle, la liberté, c'est de choisir son heure.

Chapitre XIV

Aujourd'hui, notre programme est fait d'une balade sur l'île Lamèque avec monsieur et madame Bezeau la deuxième. La première est morte, il y a dix ans. Monsieur Bezeau ne voulait pas vivre seul. Incapable de faire cuire un œuf, il pourvoyait au confort de madame Bezeau deux en échange de ces menus services. La cuisine demeure pourtant le meilleur chemin de l'autonomie. Mais bon ! C'est comme le cunnilingus…

Qu'est-ce que je raconte là ? À mon âge ! Mais justement, à mon âge, les bonnes manières ne se perdent pas. Il suffit de recommencer à y penser… Ce que je fais depuis quelques jours. L'air salin transporte aussi l'air coquin. J'ai bien l'intention d'entreprendre les grandes manœuvres avec Julie. Après tout, il faut faire de la place pour Jérémie et les enfants. D'abord, ne pas l'effaroucher… La laisser mener le jeu, mais pas tout le jeu. Garder quelques cartes.

– Non, mais Philippe ! Tu retrouves tes mauvaises habitudes… et les grands sentiments, qu'est-ce que tu en fais ?

– Tiens, sermonneur ! Tu es encore là ? Je te croyais mort…

– Je me reposais, mais je t'ai à l'œil, Philippe !

– J'espère que tu fais des cataractes, sermonneur ! Parce que sinon, je vais me sentir obligé de te bander les yeux, mon vieil ami. Cette fois, c'est la bonne. Le plaisir, la complicité, la compréhension, l'amour au nom duquel nous commettons les pires bêtises tout au long de notre vie, ils sont tous au rendez-vous. Mais tu sais quoi, sermonneur ?

– Non ! Quoi ?

– J'ai peur que mon corps ne se souvienne pas bien.

– Je vais t'aider, Philippe…

– Qu'est-ce que tu dis ? Toi, sermonneur, tu vas m'aider ?

– Oui. Parce que je sais que tu aimes mieux que jamais dans ta vie. Alors, je vais t'aider.

– J'ai bien hâte de savoir comment… En suggérant des images érotiques, peut-être ?

– Non, Philippe, en te suggérant de te faire confiance, puis en te libérant de la performance. Tu te rends compte, le nouveau plaisir que tu vas connaître ? La liberté dans la tendresse et dans le plaisir. Finis, mon Philippe, l'érection du siècle et les coups de butoir. Seulement l'échange en douceur. Faire l'amour sans érection, ce n'est pas dramatique, Philippe. Je me souviens du temps où tu avais baptisé ton érection la Fameuse…

– Bon ! Là, tu dérapes totalement, retourne dormir, mon vieil ami.

– Non, je ne dérape pas.

– Il faut quand même un minimum pour honorer une dame !

– Mais tu l'auras !

– J'ai peur. Je ne suis pas sûr. Je ne peux pas prendre mes érections du matin pour de la capacité. Je ne suis même pas certain qu'elle tiendrait la route, la Fameuse.

– Écoute, j'étais là quand tes femmes disaient que tu embrassais divinement, que tes mains étaient douces et savaient y faire… Tu n'as rien perdu de cela.

– Peut-être bien, mais une dame s'inquiète, si elle constate que ton corps ne montre pas d'émotions…

– Je crois comprendre, Philippe, que les femmes aiment bien voir les émotions autrement que dans le corps des hommes…

– J'ai peur, sermonneur, tellement peur.

– Elle aussi, elle a peur. Peur de ton regard sur son corps flétri. Peur des marques sur sa peau et des chairs sans vigueur. Peur d'être nue devant toi. Peur que sa nudité te répugne et te repousse.

– Je m'en doute bien… Elles ont peur de notre regard quand elles ont quarante ans, alors j'imagine qu'à quatre-vingts, elles se disqualifient totalement.

– Que feras-tu pour la rassurer ?

– Je lui décrirai ce que je vois, elle saura qu'elle est belle.

– Elle fera ce qu'il faut pour te rassurer, elle aussi.

Tiens ! Monsieur Bezeau arrive, le sourire fendu jusqu'aux oreilles.

Monique et Yves sortent les premiers, Julie les suit. Il y a dans son regard comme un laser qui pénètre tout. C'est une belle femme, mais surtout un bel être humain. Avec le mystère en guise de maquillage.

Ce matin, j'emboîte le pas aux copains pour accueillir notre guide. Monique a pris le bras d'Yves et le soutient, mine de rien. Le bougre n'est pas dupe, mais il apprécie cette délicatesse, qui lui permet de marcher sans craindre la chute.

Nous retournons chercher nos choses, pour partir à la découverte des coins secrets de la beauté de l'île en longeant la route 113. Monsieur Bezeau nous fait un grand plaisir ! Depuis dix jours que nous sommes ici, nous n'avons pas vraiment bougé, hormis Monique et Julie qui ont renouvelé nos stocks à l'épicerie de Lamèque. Aller-retour en taxi. Elles ne se sont pas attardées et n'ont pas vraiment engagé la conversation ; sauf avec le boucher, parce que j'avais prétendu que la seule personne qu'il faut traiter aux petits oignons, c'est lui !

Yves a renchéri en disant que, sur une île de pêcheurs, ça serait aussi une bonne idée de faire copain-copain avec le poissonnier, pour trouver de vrais homards. Il faut dire, en effet, qu'il nous est difficile de reconnaître le vrai du faux, dans les étals de poissons. D'ailleurs, hier soir pendant que nous mangions, Monique nous a fait rire avec un long monologue sur la bouffe, les médicaments et le cancer.

– Nous sommes chanceux, nous pouvons choisir notre maladie. Tu prends tel médicament pour éviter le cancer de l'utérus, mais il peut causer le cancer du sein. Tu manges de la viande rouge, tu te fabriques un cancer de l'estomac. À la longue, le poisson peut causer l'Alzheimer, à cause du mercure. Une année, le beurre est mortel, jusqu'au jour où c'est la margarine qui le devient. Le fromage te cholestérolise à mort, et le cancer du côlon t'attend dans le blé entier. Les œufs te tuent selon les uns, te ressuscitent selon les autres. Alors, buvons et mangeons l'âme en paix ! Le cancer commence toujours dans la tête d'un fou qui fait une recherche.

Monique monte dans la voiture. Julie lui demande :

– As-tu pris ton médicament ?

– J'ai oublié !

Nous demandons à monsieur Bezeau de patienter un peu.

– Pas de problème ! Cela fait des années que j'attends les dames…

Julie le regarde, de la glace plein les yeux.

Le Bezeau toussote et renifle. Il me fait penser à un client avec lequel je travaillais ; il roulait sa cravate et reniflait chaque fois qu'il mentait. Un jour, j'avais révélé ce secret à un journaliste ami avec lequel je déjeunais. Quelques années plus tard, le même ami faisait l'intervieweur dans une émission à Radio-Canada et il interrogeait mon ex-client. Le pauvre homme roulait sa cravate et reniflait à qui mieux mieux. J'avais vu dans le sourire de mon ami qu'il se souvenait de mon indiscrétion. Ce soir-là, l'ex-client avait trouvé le temps long. S'il avait pu se rouler le pantalon, je crois bien qu'il l'aurait fait, tellement sa pensée et son discours étaient mensongers.

Monique revient sur le balcon, le souffle court, le regard affolé.

– Je ne les trouve pas. Je ne me souviens pas où je les ai rangés.

Yves sort de la minifourgonnette pour la rejoindre, lui prend le bras et lui chuchote quelque chose à l'oreille. Ils entrent ensemble pour ressortir quelques minutes plus tard.

– C'est ma faute!

Yves explique qu'il avait déplacé les médicaments de Monique par inadvertance. Monique le regarde, reconnaissante; mais un doute subsiste dans ses yeux. Pourquoi diable la bouteille de pilules se trouvait-elle sous le lit, dans la chambre d'Yves?

Elle dit: « Merci, Yves! » Elle pense: « Au secours! Pourquoi ai-je mis la bouteille sous le lit d'Yves? »

La vérité est simple. Depuis que nous sommes arrivés, nous découvrons tous les jours les cachettes de Monique. Des cachettes qu'elle oublie. Maudite mémoire. Des cachettes pour mieux se souvenir, mais ça ne fonctionne pas vraiment.

Je glisse à l'oreille de Julie que nos messages à l'univers ne semblent pas se rendre.

– Continuons quand même…

Monsieur Bezeau nous explique que nous devons passer chez lui prendre sa douce.

C'est une Bretonne qui s'est amenée sur l'île Lamèque en 2003 et n'en est jamais repartie. Son mari l'avait rapidement quittée pour suivre une jeunesse à Québec. L'hiver l'ennuyait tellement, alors il avait procréé cinq enfants à une époque où cela ne se voyait plus. Nouvel arrivant, il ignorait sans doute que le Québec ne voulait plus d'enfants, dans les années 2000; sauf ceux qu'il importait de Chine ou du Vietnam.

La Bretonne dit de lui que le problème n'est pas qu'il respire encore, mais qu'il se soit reproduit. Elle en parle d'aise, le Breton et elle n'ont pas donné dans la reproduction. Après son départ, se rappelle monsieur Bezeau, la belle Marie-Christine a vécu en recluse. Il m'apprendra plus tard dans la journée que la Bretonne est devenue sa maîtresse et que madame Bezeau la première n'en a pas souffert parce qu'elle ne l'a pas su. « Je faisais attention parce qu'elle était amie avec Marie-Christine. L'amitié, c'est tellement précieux qu'il vaut mieux en respecter les apparences. Un minimum, tout de même. Vous ne pensez pas ? »

Je ne réponds pas. Le sermonneur dort ; je n'ai pas envie de son discours, s'il se réveille. Nous arrivons à Ville-de-Lamèque, notre chauffeur se range devant un duplex de la rue Principale.

– J'habite le deuxième et je loue le bas.

Monsieur Bezeau est un économe. Il a peur de vivre très très très longtemps. Alors, il ne dépense pas, à soixante-dix-neuf ans, il continue d'épargner pour ses vieux jours.

– Oui, monsieur, on ne sait jamais ce qui peut arriver !

La preuve, Bezeau deux arrive. L'horreur, cette chose ! La grâce d'une porte de garage. Énorme chose qui aime son homme en cuisinant avec de la crème. Elle porte une robe chapiteau, jaune et bleue, le cheveu blanc jaune avec des tresses. Elle fume une cigarette, qu'elle s'empresse de jeter quand elle nous voit. Cette chose parle, aussi. Beaucoup. Mais elle ne dit rien. Des petites choses. Qui a dit que les petits esprits sont préoccupés par les petites choses ?

Monsieur Bezeau fait les présentations, et nous avons droit à sa gentillesse envahissante. Elle pose des questions en rafales mais pour elle, nos réponses ne sont que des formalités.

– Oui, non, c'est beau ici ! Oui, nous sommes mariés, des vacances de quatre mois. Les vieux enlevés et morts à Montréal ? Oui, quelle tristesse ! Oui, c'est la première fois que nous venons. Nous sommes bien contents de visiter l'île…

Nous roulons depuis quinze minutes quand Yves, complètement étourdi par la Bezeau deux, réclame une pause pipi. Moi aussi. Monsieur Bezeau trouve un coin. Il n'y a que ça sur cette île, des coins! De beaux coins, d'ailleurs. Nous pissons. À l'abri des regards. Yves derrière un arbre, moi en regardant la baie des Chaleurs. J'admire le paysage. C'est beau, vraiment beau! Et c'est vrai qu'on peut voir la Gaspésie. Une beauté que le vent me fait payer, d'ailleurs.

Le denim est absorbant. Souhaitons-le! Pendant qu'Yves rit de son rire tonitruant, je fais du vent avec mes mains pour sécher cette connerie du mieux que je peux. Je devrais me souvenir... Jamais dans le vent. Jamais. J'enlève mon coupe-vent et le porte plié devant moi. Nous regagnons la voiture. Je déclare qu'il commence à faire chaud; mais les frissons sur ma peau me contredisent et montrent que le temps est encore assez frais... Outch! Un détecteur de coudes. Quand monsieur Bezeau redémarre, sa conne et néanmoins conjointe nous annonce qu'elle en avait marre de toujours devoir arrêter pour ses pauses pipi.

– Je mets une couche; depuis, mon problème est réglé.

La douce est aux couches. Bon! Voilà une information qui nous manquait!

Notre balade serait infernale s'il n'y avait pas les nombreux arrêts pour découvrir les lieux de l'île Lamèque et de l'île Miscou: des plages, des quais laissés à l'abandon, un phare. Monsieur Bezeau nous raconte cette triste histoire.

– En 2002, les scientifiques nous ont prévenus que les stocks de poissons baissaient dramatiquement. Selon un certain Daniel Pauly de l'université de Colombie-Britannique, il était urgent de réduire la production de façon importante. Il disait: « Il faut du poisson pour obtenir du poisson*. » Dans sa mise en garde, il concluait que nous, les pêcheurs, allions finir par ne prendre que de la méduse. Personne n'a écouté. Le gouvernement a eu

---

* Publié dans *La Presse* du 16 février 2002.

peur de nous et nous a laissés faire. Alors aujourd'hui, on fait pousser le poisson comme des carottes. De la grosse carotte, en plus !

Nous prenons un repas léger dans une nouvelle auberge. Elle est tenue par les fils Lanteigne, revenus l'été dernier lancer ce petit commerce avec vue sur le vieux phare.

Une petite table généreuse et bonne. Monsieur Bezeau connaît bien le père Lanteigne, alors nous avons droit à du crabe et du homard des Micmacs dans la cuisine de la famille. Un délice. Non, mieux que cela : le fruit défendu ! Qui aurait dit qu'un jour, les fruits de la mer seraient le fruit défendu sur la terre d'Adam et Ève ? Il faut être le con Dieu pour laisser faire !

Six heures plus tard, nous regagnons notre maison. Les Bezeau nous promettent une autre excursion pour visiter le littoral acadien. « Il y a beaucoup à voir », disent-ils en chœur. Ils ont raison, nous le savons. Mais vivement Jérémie ! Que nous puissions visiter à notre manière, sans la douteuse présence de l'imposante « elle ».

Dans le stationnement, Monique invite les Bezeau pour l'apéro. Oui, elle nous fait le coup ! « C'était quand même gênant de ne pas le faire ! » plaidera-t-elle après leur départ en soirée. Sans doute ! De fil en aiguille et comme ils ne partent pas, nous les invitons à partager notre table. Quel bonheur ! Cela nous permet d'apprendre que monsieur Bezeau et sa dame raffolent du conflit conjugal en public. Le confit de connards ! Elle aime bien dire son fait à son homme en prenant à témoin les gens que le destin met en sa présence. Yves, particulièrement en forme, s'amuse à jeter de l'huile sur le feu. Il prend parti pour l'époux. Il sait, le pauvre, que ça lui coûtera deux fois plus cher que d'habitude, quand il retrouvera son foyer d'incendie. « Tu l'as laissé me dire ça ! »

Monsieur Bezeau ne fait pas non plus dans le subtil, il raconte comment sa douce prend du poids, depuis dix ans.

– Elle mange tout le temps et se demande pourquoi elle engraisse.

Yves ajoute que c'est dommage de cacher une si belle femme dans un si gros corps. Nous avons passé le reste du repas à parler de régime, cette antithèse du plaisir. Je m'occupe en préparant le repas avec Julie, puis en m'assurant de desservir. Je range même la cuisine, moi qui suis convaincu d'habitude que tout peut attendre au lendemain! Julie écoute et se moque doucement du supplice que la politesse nous impose.

– Ils sont bien nos nouveaux amis. Ils feraient sensation au centre d'accueil. C'est toujours agréable, les nouveaux amis, n'est-ce pas, Philippe?

Madame Bezeau ne nous épargne rien. Absolument rien. C'est ainsi que nous apprenons qu'elle a souffert longtemps de se cacher pour aimer monsieur Bezeau.

– J'étais mince, dans ce temps-là! Mais je ne sais pas pourquoi, quand nous avons commencé à vivre ensemble, je me suis mise à engraisser. J'avais attendu trop longtemps. Je voulais que chaque soir soit une fête, alors nous mangions notre bonheur.

Quand elle parle, je me demande comment cette femme a pu être le bonheur comestible d'un homme. Même mince, l'épaisseur l'habitait. Seule la distraction peut expliquer que monsieur Bezeau se tape sa Bretonne. Seul le désespoir d'un pénis peut expliquer une telle mésaventure.

Je suis tenté de dire: « Qu'est-ce que vous allez boire avant de partir! » Mais j'évite l'indélicatesse; il vaut mieux ne pas entrer dans le champ de tir de la dame. J'entreprends donc une manœuvre que je pratique depuis la trentaine: le bâillement discret indique, en langage non verbal, que s'ils veulent revenir, ils doivent commencer par partir. Je poursuis en racontant que je me lève d'habitude vers quatre heures du matin. « Comment faites-vous? » s'exclame la brave Bezeau.

– Je me couche tôt.

Ils finissent par partir, et nous nous retrouvons tous les quatre dans le salon, à regarder le feu de cheminée. Épuisés, nous mettons notre langue dans le vinaigre pour parler de nos guides et invités. Puis, Monique lance :

– Je perds la mémoire, les amis. Je suis inquiète. Je sais bien, Yves, que tu n'avais pas caché les médicaments sous ton lit. C'est moi. Pourquoi ? Quand ? Je l'ignore !

– C'est vrai, Monique, depuis que nous vivons ici, tu cherches davantage tes mots et tes choses...

– T'oublies de prendre tes médicaments.

– Oui, peut-être... Je ne le sais pas.

Je suggère que le stress de notre départ et de notre installation y est pour quelque chose.

– Tes repères sont un peu chamboulés.

Yves, ce grand vieux sympathique, lui déclare alors qu'il sera sa mémoire.

– J'en ai pour deux ! Toi, tu seras mon équilibre, mon appui. C'est une bonne affaire.

Quand la vieillesse arrive, il faut souvent se mettre à plusieurs pour être un vieux ou une vieille convenable et fonctionnel.

À quatre, nous sommes vraiment quelqu'un de bien !

Là-dessus, Yves me demande si je prendrais un Crown Royal ginger ale.

J'entends le sermonneur qui dit : « Seulement un ! » Il se méfie. Pas moi. Je leur récite « Nuit Blanche » :

Suis-moi c'est ici
Mon pas me le dit
J'entends tous les cris
Des oiseaux de nuit.
Vois comme ils dansent
Écoute leur bruit

Vois l'importance
D'un coup de Whisky.

Vide ton verre
Au fond l'univers
C'est si on le perd
Qu'il est découvert.
Dans la nuit blanche
On le voit mieux
Le jour trop étanche
Referme nos yeux.

J'ouvre les yeux, il fait noir. Quelqu'un me couvre avec une couette. « Merci, papa! »

– Philippe, c'est Julie!

– Julie, où est mon père?

Elle se penche et pose un baiser sur mon front.

– Dors bien, Philippe!

– Où est mon père?

– Il dort.

– D'accord, dis-lui qu'il me manque.

Chapitre XV

TROIS SEMAINES que nous habitons ici. Nous sommes toujours heureux de notre décision. Nos journées passent rapidement. Elles sont faites de promenades au bord de la mer, de repas joyeux, de lectures, de conversations à quatre ou à deux. Yves et Monique se soudent lentement, ils sont beaux à voir dans leur proximité tendre. Monique est plus sereine et Yves trouve un nouveau sens à ses jours. C'est un rieur, il rejoint la nature profonde de Monique. Elle est plus calme depuis qu'Yves lui trouve les mots qu'elle cherche et les choses qu'elle égare.

Julie et moi resserrons aussi le lien. Nous passons, je l'avoue, de longues soirées à faire connaissance et à nous raconter les parcours souvent tordus de nos vies. Il nous semble que la paix que nous ressentons est un signe, cette rencontre était inscrite dans nos âmes. Je me surprends à raconter mes peurs, mes doutes, comme mes convictions. Je suis raisonnablement en paix avec ma vie, et Julie avec la sienne. Nous ne jugeons pas, nous révélons nos livres ouverts, sans peur.

Chaque soir est une fête calme et sereine, quand nous nous retrouvons dans le salon ou sur le balcon pour parler ou simplement regarder les étoiles; comme à l'époque où nous ne soupçonnions pas les malices de nos idéaux. L'idéal, nous le savons maintenant, est source de malheurs; il nous laisse constamment l'impression de ne pas être à la hauteur.

Julie raconte ses âges, ses hommes, ses passions et ses deuils. Elle parle peu de ses enfants, si ce n'est pour dire qu'une femme est toujours condamnée quand elle n'a pas la fibre maternelle. Elle ne les regrette pas et comprend qu'ils ne souhaitent pas la connaître. Ils sont des étrangers depuis leur naissance.

Elle pleure surtout un vieux chagrin tenace qui se nommait Paul ; elle l'a quitté parce qu'il était le père.

– J'aimais l'homme, pas le père. Il ne comprenait pas, et je ne savais pas bien l'expliquer. À vingt-cinq ans, les mots se font rares pour dire les vrais sentiments... Il croyait que les enfants devaient nous attacher pour la vie. Je ne voulais pas de cette vie.

Après son départ, le Paul père n'a pas survécu au Paul amoureux. Il s'est tiré une balle dans la tête en s'excusant auprès des enfants de les priver de leur père. Les enfants avaient quatre et cinq ans. Ils ont mis quelques années avant de comprendre que leur mère était le commencement et la fin de leur malheur... Elle les a revus quand ils avaient trente et trente et un ans. Ça n'a pas été une rencontre ; seulement le décès officiel de sa famille et de sa maternité. Ses parents, ses frères, ses sœurs ont fini d'enterrer tous les souvenirs de sa vie avec eux, même sa naissance.

Par la suite, elle a parcouru l'Ouest canadien à la recherche d'un lieu, d'une racine, d'un ancrage. Elle n'a rien trouvé d'autre qu'un étourdissement dans le corps des hommes qui ne comprenaient pas le feu qui la consumait, mais en profitaient et se sauvaient. Elle a même fait comprendre à un médecin de Vancouver qui mourait d'amour pour elle qu'il mourrait bien davantage si elle ne partait pas. Le chagrin du docteur n'avait rien trouvé d'autre à dire que : « *You, creazy bitch!* » en la frappant et en pleurant, comme seule la folie sait le faire.

– *Can't you see I love you, Julie?*

– *Can't you see I'm leaving?*

Elle avait passé sa vie à s'user d'une passion à l'autre ; à lever les voiles dès qu'elle reconnaissait le désir de s'installer chez celui qui trouvait en elle l'élan irrésistible de la vie et voulait le conserver le plus longtemps possible. Chaque fois, elle se mettait à étouffer, premier rappel qu'elle devait changer d'air et quitter le danger.

L'eau la plus pure se cache et s'éloigne de nous
Elle a peur depuis qu'elle a flairé le danger
Comme le chevreuil qui reconnaît l'odeur du loup
Et sait d'instinct que le loup ne va pas changer.

Elle se raconte, mais elle a renoncé à s'expliquer. Nuance.

– Je n'ai jamais compris pourquoi je suis comme cela, je ne cherche plus.

Je sais que nous ne changeons pas. Nos rides ne sont ni un signe de changement ni un signe de sagesse, seulement la marque de la vieillesse. La plupart du temps.

Comme le répétait mon ami Michel : « L'âge fait toujours plus de vieux que de sages ! » Mais j'aime cette Julie, à ce moment précis de sa vie. Je l'aime telle qu'elle s'est fabriquée, telle qu'elle s'est assumée. Je n'ai pas besoin de la comprendre, seulement de la prendre.

Ce matin, Monique et Yves partent à l'aventure. Sur l'île Lamèque, les pêcheurs sont autorisés à organiser des voyages de pêche en mer : 225 $ par personne pour une sortie de six heures. Yves a proposé l'aventure, Monique a accepté ; parce qu'elle a un rendez-vous avec la pêche, depuis la mort de son premier mari.

J'ai refusé, je crains le mal de mer et surtout le ridicule, puisque je suis incapable de toucher à un poisson, encore moins de le décrocher. *Jigger* pendant des heures pour attraper de la morue n'éveille en moi rien de bien tentant. Je suis allé à la pêche deux fois dans ma vie. Chaque fois, j'ai eu honte à plusieurs reprises, c'est-à-dire à chaque prise. Pour mon plus grand malheur, je suis chanceux : j'attrape du poisson. Chaque poisson devenait une aventure. Évidemment, mes camarades de pêche refusaient de me prêter main-forte ; ils s'amusaient de mon dédain et de ma maladresse.

– Ça donne quoi d'être intelligent si tu peux pas te servir de tes mains ?

Ils savouraient tous leur revanche sur ma faconde et mes études américaines. Le soir, mon compagnon de la journée racontait sans pitié comment je parlais « truite » couramment ; il révélait mes dialogues avec les malheureuses qui s'étaient prises à mon hameçon. Je parvenais à décrocher les poissons en les immobilisant avec mes bottes, en coupant les filaments et en usant de ruse pour les accrocher à ma chaîne. Une opération qui me prenait un minimum de vingt minutes par truite... Trente avec celles qui ne collaboraient pas. Évidemment, ils mettaient mes prises sur le compte de ma chance de cocu, alors que leurs femmes les trompaient tout autant avec les copains d'abord, avec n'importe qui ensuite. Je sais qu'elles les trompaient. Au fond, ce n'est pas vrai que je ne suis pas habile de mes mains.

Moi, mes femmes m'étaient fidèles. Quoique j'admette que je suis chanceux... J'ai quatre-vingt-un ans et je le suis encore. La preuve : Julie a décliné, elle aussi. Nous passerons la journée ensemble ; si jamais Yves et Monique parviennent à partir. Ce matin, c'est sans doute l'excitation, Monique tourne en rond et va finir par épuiser Yves. Il n'en finit plus de chercher les mots qu'elle a sur le bout de la langue et les morceaux qu'elle dépose à gauche et à droite pour mieux les oublier.

– Il y a tellement de mots à oublier !

– Mais ce n'est pas nécessaire de tous les oublier ce matin.

– Tu sais, dans le livre... Comment on dit ?

– Le dictionnaire…

– Oui, le dictionnaire ! Il y a beaucoup de mots, je ne vivrai pas assez longtemps pour tout oublier.

– As-tu pris ton ciré ?

– Oui, oui, je l'ai mis près de la porte.

– Je ne le vois pas, Monique.

– Près de la porte…

– Il n'y a pas de ciré près de la porte.

– … Qu'est-ce que nous cherchons ?

– Ton ciré.

– Est-ce qu'il pleut ?

– Non, pas pour le moment.

– Je n'ai pas besoin de cette chose dont tu parles…

– Ton ciré !

– Comme tu dis. Regarde dans mon sac fourre-tout, je l'ai mis dedans.

– Où il est ton sac ?

– Près de la porte, à côté du tien.

– Le mien est dehors sur le balcon.

– Le mien est là aussi, j'en suis convaincue.

– Va voir pendant que je vais chercher la glacière dans la cuisine.

Monique sort, je l'observe. Elle trouve les deux sacs, fouille le sien, en sort tout, puis replace les choses une à une. Elle prend le sac et va le ranger en bas de l'escalier, sous la première marche. Sur le point de remonter, elle revient sur ses pas. Elle commence à marcher dans l'allée, lentement. Elle approche de la sortie. J'ouvre, je crie : « Monique ! » Elle se retourne, me sourit et s'immobilise. Elle ne peut plus avancer. Il y a comme un nuage sur ses yeux. Je me dirige vers elle aussi rapidement que mes genoux me le permettent. Quand je suis à dix mètres, je lui demande :

– Où vas-tu, Monique ?

– Nulle part, je cherche Yves.

– Viens, je l'ai trouvé, il est dans la cuisine avec votre bouffe pour la pêche.

– C'est vrai. Nous allons à la pêche. Viens-tu avec nous?

– Non, je vais flâner doucement.

Julie vient nous rejoindre avec le médicament de Monique et un verre d'eau.

– Tiens, Monique…

Elle le prend. Elle se calme, le nuage disparaît.

– Je vais vous ramener de quoi faire un festin. Tu vas voir, mon grand, de la morue fraîche, c'est le bonheur.

Yves dépose la glacière sur le balcon.

Tous les jours, nous faisons ce que nous pouvons pour que Monique ne panique pas. Nous réussissons, d'ailleurs. Elle rit avec nous des détours sournois que lui impose cette maladie maudite.

– Un jour, je vais me tromper de maison, tu n'auras plus personne pour te prendre le bras, Yves!

– Je pense que nous devrions t'installer un cookie, Monique. Nous saurions toujours où tu es. Tu sais bien que je ne peux pas me passer de toi! Je marche comme un gars saoul quand tu n'es pas là.

– Moi, si tu m'installes un cookie, je vais réussir à le perdre, gages-tu?

La voiture qui doit les prendre pour les mener au quai des touristes arrive, conduite par un beau jeune homme à la peau brûlée par le soleil et le vent. Je me dirige vers l'escalier et retire de sa cachette le sac de Monique.

– Qu'est-ce qu'il faisait là? Je pouvais bien le chercher!

Je ne relève pas, elle n'insiste pas. L'important, maintenant, c'est cette excursion de pêche. Le reste est une poussière dans l'infini.

– Je suis Hugo, votre guide.

– Bonjour, Hugo! Je suis Monique, et lui c'est Yves. Nous sommes les champions mondiaux de la pêche à la morue.

La voiture tourne dans notre entrée. Monique et Yves nous font de grands signes. Monique pose sa tête sur l'épaule d'Yves. La pêche sera bonne.

Nous entrons nous servir un café. Julie éclate de rire. Sur la chaise, le ciré de notre ami.

– Penser pour deux, c'est pas toujours facile!

Elle le dit sans malice.

– Yves est un débrouillard.

Enlever le brouillard, il s'y consacre de plus en plus... Ses gestes remplacent ses mots. Yves est amoureux, manifestement. Il livre le combat de sa vie sentimentale: ne pas se faire oublier.

Je demande à Julie si elle a le goût que nous cuisinions un peu.

– Nous prendrons un peu d'avance sur la semaine.

Elle me sourit et fait signe que oui.

Commence alors le début du grand plaisir de la cuisine: imaginer, décider, créer.

Notre projet part de notre désir. « Qu'est-ce qui serait bon? »

– Préparer des tomates fraîches pour une sauce froide avec de l'ail, du basilic, de l'origan, des échalotes...

– Une toute petite réduction de vin blanc au début.

– D'accord!

– Tu sais ce que je mangerais?

– Non!

– Du foie gras de canard, poêlé avec une sauce au porto et aux fruits...

– Tu veux un suicide au foie gras, Julie?

– Mais non! Nous serons raisonnables. Un peu de sauternes, un peu de foie gras, des toasts bien chaudes. Le paradis à la fin de nos jours. Pourquoi pas?

– Mourons dans le plaisir. Va pour le foie gras! Mais nous devrons être patients. Je demande à Jérémie de nous apporter deux beaux foies...

D'images gourmandes en images gourmandes, nous devenons dans nos têtes un restaurant mille étoiles dans le *Michelin*. Je me rappelle que nous avons des carcasses de homard micmac dans le congélateur... Une soupe de poisson... Ce soir, quand les copains nous rapporteront leur pêche miraculeuse.

Carottes, oignons, vin blanc. Placer les carcasses, remuer et laisser réduire. Ajouter des ingrédients secrets.

– Non! Je ne les révèle pas, Julie!

– Allez!

– Non!

– Allez!

Je l'entoure de mes bras de Philippe, jeune, beau et en santé, l'attire vers moi et pose un baiser sur ses lèvres.

La mise en place de nos projets de cuisine peut attendre... Seulement un instant, afin que nous goûtions à notre rêve. Un peu, pas plus. C'est suffisant.

Un producteur de disques m'a déjà dit que dans la vie, il voulait tout avoir... un tout petit peu. « C'est meilleur », disait-il. Avec cette philosophie, prétendait-il, le bonheur était moins angoissant à gérer. Un tout petit peu... c'est le secret de la dégustation et de la gastronomie.

J'aime ce baiser parce qu'il n'a pas d'arrière-goût d'inquiétude. Il est simplement la forme visible d'un élan.

Nous retournons à nos chaudrons. J'entreprends la base de cette soupe de poisson.

– La meilleure du monde?

– Madame Quesnel... Ma soupe de poisson, quand je la sers, les gens se mettent à genoux et applaudissent. Rien de moins!

– Que voilà un humble jeune homme!

Nous cuisinons ainsi pendant deux heures. Ce qui mijote donne de la vie à la maison comme seuls les parfums de la nature savent le faire. Les feux sont éteints. Les bases sont faites.

Le téléphone sonne. Nous ne recevons pas d'appels, sauf ceux de monsieur Bezeau et de Jérémie. Nous avons réactivé une ligne, au cas... Pour tout dire, personne ne nous manque, sauf Jérémie dans mon cas. Et encore! Comme je sais qu'il arrive dans quelques semaines... La vérité, dans le cas de Jérémie, c'est que sa venue inquiète un peu mes amis. Nous avons nos habitudes, maintenant, et nous avons intégré nos présences mutuelles. Ajouter trois personnes, ça ne sera pas évident.

– Va falloir recommencer à s'habituer à d'autres personnes, à des enfants qui bougent.

Dans le fond, Monique résumait ce que mes amis pensent. Julie n'avait rien dit. Elle ne veut pas me chagriner, mais je sens qu'elle appréhende aussi l'invasion. Pour être honnête, je suis partagé, moi aussi, entre mon plaisir de voir Jérémie, mon désir de le distraire et la réalité de notre confort.

« Quoi de neuf, mon Philippe? Tu as toujours aimé davantage tes idées que leur réalisation. »

Le sermonneur a raison. Il m'est arrivé souvent de mal mesurer les effets de mes spontanéités enthousiastes. Une fois de plus.

– Réponds, Philippe.

Je prends le combiné...

– Allô!

– Dumouchel?

– Oui!

– Alors, ces petites vacances, elles se passent bien?

– Pardon? Qui parle?

– C'est moi, tu me reconnais pas? Claude Bezeau!

– Je ne connais pas de Claude Bezeau, vous vous trompez de numéro.

– Je suis le fils de Pierre Bezeau, celui qui vous loue la maison...

– Je ne vous connais pas!

– Oui, tu me connais! J'arrive dans dix minutes. Mon père a une petite surprise pour toi...

Je raconte à Julie qu'un Bezeau fils vient de s'annoncer et que sa voix est vulgaire.

– Il dit me connaître…

– Tu le connais ?

– Absolument pas. Le blanc intégral.

– Est-ce que sa voix te dit quelque chose ?

– Pas du tout.

Nous retournons à la cuisine pour ranger un peu mon désordre. Je cuisine comme si j'avais beaucoup de personnel.

Dix minutes plus tard, une voiture emprunte notre allée. Nous regardons par la fenêtre. Monsieur Bezeau descend le premier de la voiture. Son fils le suit. Il porte des verres fumés. Bleus. Ses cheveux sont blond platine. Frisés *wet look*. Un pantalon de cuir noir, ajusté, moule son paquet mâle. Il sourit. Un autre jeune homme lui emboîte le pas. Ses cheveux sont longs et descendent sur ses épaules.

Nous nous dirigeons vers l'entrée pour ouvrir. Julie est de glace et sans sourire. La sonnette. Un coup. Je n'ouvre pas. Rapidement, un deuxième coup, comme font les anxieux.

J'ouvre.

Devant moi, le père Bezeau semble mal à l'aise.

Il dit : « Monsieur Dumouchel », puis me présente son fils.

La gazelle ! Je le reconnais, maintenant.

Il dit : « Salut, vieux crisse ! » Puis : « Tiens ! Si c'est pas madame Quesnel ! On peut entrer ? » Je demande : « Pourquoi ? » Il me pousse et entre. Son père suit, et l'autre beaubelle aussi.

Chapitre XVI

Ils sont assis tous les trois dans le salon. Le père Bezeau remue nerveusement les doigts.

– Mon fils est en vacances ici avec un copain. Je lui ai parlé de mes locataires pour l'été. Il est venu faire un tour, il vous a aperçus... Il est revenu chez moi me dire qu'il vous connaissait. Ce qu'il me dit est un peu bizarre.

Le fils le coupe.

– Vous avez inquiété les gens, vous savez. Tout le monde vous croit morts, pendant que vous êtes ici, en vacances, à jouer les petits couples.

Julie le regarde. Son regard est fixe, comme si elle voulait le transpercer et le faire disparaître. Elle ne dit rien. Le contrôle. Elle garde le contrôle. Moi, je ne suis pas flegmatique; mais pour l'instant, les battements de mon cœur et mes pensées ne me trahissent pas. Pas encore. Si je le pouvais, je les tuerais tous les trois. Là. Maintenant. La gazelle continue, en se grattant le petit sac fourre-tout.

– Vous pouvez pas penser continuer, mes petits amis. C'est trop risqué pour mon père.

– Votre père ne risque rien.

– Erreur! Il passerait pour votre complice.

– Comment le pourrait-il? Personne ne sait que nous sommes ici. Notre histoire ne s'est pas rendue jusqu'ici.

– Il n'y a pas de chance à prendre. Moi, maintenant, je le sais que vous êtes ici. Je peux quand même pas retourner au centre après mes vacances et rien faire. Travailler et faire l'innocent, quand vous reviendrez jouer les faux enlevés. Continuer de vous torcher, mine de rien.

Julie rompt le silence :

– Nous ne reviendrons pas. Il nous est impossible de revenir. Nous ne sommes pas seuls dans cette histoire. C'est plus compliqué que vous ne le croyez.

Absurde. Ce que vient de dire Julie est absurde. La gazelle ne mord pas, mais il a le goût de jouer avec nous, un peu comme un chat.

– Ah bon ! Et les méchants sont cachés dans le sous-sol. Vous êtes des prisonniers. Tiens donc ! Vous nous avez eus, les quatre petits vieux. Bien eus. Mais là, le jeu est fini.

– Si j'étais vous, monsieur, je ne mettrais pas mon nez là-dedans.

– Des menaces… La petite dame me fait des menaces ! Écoute-moi symbole sexuel du troisième âge ! Tes histoires de Bonhomme Sept Heures m'impressionnent pas. Ne joue pas à la plus intelligente. T'es dans la merde, ma vieille. Tu expliqueras aux policiers ton histoire de méchants bandits.

Il regarde le petit copain.

– Non, mais ! Elle nous prend pour des cons finis, la vieille picouille !

Le beaubelle opine et sourit comme un niais. Mais ce sourire n'est rien à côté de l'air piteux du Bezeau père, pas sûr d'être content de la descendance. J'ai l'impression que son sermonneur est en train de lui faire regretter son indiscrétion auprès de ce fils prodigue, qui lui présente un nouveau gendre chaque année. C'est sûrement son sermonneur qui lui fait dire :

– Claude, sois poli avec madame.

– Je suis poli, mais il faut qu'elle comprenne que nous ne sommes pas des imbéciles. Tu la vois, nous traiter de haut ?

Julie ne dit pas un mot. Elle regarde monsieur Bezeau père qui voudrait, à ce moment précis, être un grille-pain et ne servir que le matin. Le fils profite du silence gêné de son père pour finalement dire ce qu'il veut vraiment :

– L'augmentation du loyer sera de 25 000 $. Payables tout de suite, ma belle dame.

– J'ai bien peur que cela soit impossible, monsieur.

– Impossible ? C'est ce que nous allons voir. Préparez vos valises, les amis, c'est le retour au troisième étage… Après une rencontre avec un juge.

– J'ai bien peur que cela soit impossible aussi, monsieur.

Sur ces mots, elle se dirige vers l'appareil de téléphone et compose un numéro… Personne n'a bougé… Un seul geste de la main a figé le fiston. Nous écoutons la conversation.

– Bonjour ! Ici Julie Quesnel. Est-ce que Charles est là, s'il vous plaît ?

– …

– Charles, comment allez-vous ?… Oui, nous allons bien. Je me demandais si vous aviez mandaté un certain Claude Bezeau pour venir nous réclamer 25 000 $. Il me semble que c'est beaucoup d'argent et contraire à nos ententes.

– …

– Oui, 25 000 $. Ils sont ici, voulez-vous leur parler maintenant ?

– …

– D'accord ! Un instant, s'il vous plaît, je vais leur demander…

Elle regarde le fils et le père l'un après l'autre et éloigne le combiné.

– Monsieur Charles aimerait parler avec vous en privé. Il dit qu'il ne vous connaît pas. Quelle est votre adresse exacte ?

Monsieur Bezeau toussote et s'apprête à parler. Elle reprend le combiné. « Au 1345, rue Principale », finit-il par dire.

– C'est le 1345, rue Principale ; à Ville-de-Lamèque, évidemment.

Un long silence.

– Je vais leur dire, Charles… Oui, oui, je vais leur dire… non, je ne parlerai pas à la police, une folle! Je ne peux pas parler pour eux, Charles. Qu'est-ce que vous voulez que je vous dise?

– …

– Vous aussi! Bonjour!… Oui, oui, je vais leur dire…

Elle raccroche, me regarde.

– Il te fait dire bonjour.

J'affiche un sourire résigné. Elle se tourne vers les Bezeau, père et fils.

– Charles va passer vous voir d'ici quatre jours. Vous vous arrangerez avec lui. C'est notre agent de voyages, en quelque sorte… J'imagine qu'il vous expliquera le tout à sa manière…

– Sa manière? demande le gendre.

– Il est assez direct, vous verrez. Si j'étais vous, j'attendrais de l'avoir rencontré avant de parler à la police. Mais faites donc ce que vous voulez…

– J'aime pas ça me faire niaiser. Jamais. Vous ne bougez plus d'ici tant que je ne l'ai pas rencontré, ce Charles.

Le fils vient d'avoir un soubresaut pour sauver la face. Mais il ne maîtrise plus la situation. Pour l'instant. Le temps qu'il se rende compte qu'il n'y a pas de Charles. Mais actuellement, il y croit, à ce Charles. Elle a gagné.

Monsieur le père se lève, donnant ainsi le signal du départ aux deux autres.

– Vous saluerez votre charmante femme…

Je le dis sans lui tendre la main, pour ajouter à la tension et à l'insulte. Il sait trop bien que la femme en question n'est pas charmante. Elle est grosse et dégueulasse. Une véritable punition pour le péché d'adultère. Le cul-de-sac de la passion.

Je les regarde partir avant de refermer la porte. Julie n'a pas bougé d'un centimètre. Son regard est dur. Mais elle sourit.

– Qu'est-ce que tu as fait là, Julie?

– J'ai gagné du temps.

– Qu'est-ce que tu veux que nous fassions avec du temps?

– L'amour, Philippe. Nous allons faire l'amour. Maintenant.

Ses yeux redeviennent les lumières qu'ils sont habituellement. Elle s'approche et prend mes mains.

– Viens, Philippe. C'est maintenant. Je t'aime.

Mon cœur bat vite, j'ai peur. L'échec. Je suis trop vieux pour un autre échec. Mon corps n'est pas prêt. Je le crains, je n'ai pas vraiment eu le temps de lui parler.

– N'aie pas peur.

Comment le sait-elle?

Nous nous enlaçons pour entreprendre une lente montée vers sa chambre ou la mienne. Non, la sienne; j'ai encore manqué à mes devoirs de rangement. À la douzième marche, elle tourne sa tête et pose un baiser sur chacun de mes yeux.

« Pour que tes yeux soient magiques et sachent reculer dans le temps. »

Je prends ses lèvres et les ouvre dans un long baiser qui rapproche nos corps alarmés, mais résolus à vivre encore l'intimité amoureuse. La renaissance commence par ce long baiser, qui crée des images dans ma tête et transforme le crapaud et la grenouille en prince et en princesse. Elle pose ensuite sa tête sur mon épaule. Sa joue est chaude comme l'est le corps d'une femme quand elle s'abandonne. Mon cœur ému reçoit cette chaleur comme des retrouvailles avec la beauté absolue du monde des vivants.

Chaque marche que nous gravissons nous apaise un peu plus et nous indique que nous sommes heureux d'être là. Nous arrivons dans la chambre de Julie. Une chambre de femme, avec des délicatesses dans les choses qui construisent toujours l'harmonie des couleurs, des lumières et des parfums. Une chambre de femme, c'est aussi l'unité, la paix, l'équilibre, le repos dans la grâce.

Elle m'attire vers le lit, et je l'attire vers moi. Elle s'étend sur moi, et je sens les nuances de son corps sur le mien. Je veux entreprendre un long baiser et allumer les feux. Mais elle glisse hors du lit et embrasse ma main droite tout doucement. Son regard me parle et me dit : « Attends, je reviens… »

Elle bouge comme si elle flottait, tellement son déplacement est silencieux. Elle allume des chandelles et réveille des bâtonnets d'encens. Elle disparaît, j'entends l'eau qui coule et puis, plus rien. Un long silence laisse la lumière des chandelles et la fumée de l'encens prendre toute la place.

J'entre en lien avec l'univers pendant cette attente, et mes yeux fermés voyagent dans un autre monde. Celui de la vie apaisée par des images de brise dans les feuilles. Une éternité plus tard, elle apparaît en contre-jour, dans une longue robe de soie qui laisse respirer son corps dans les ombres. Son pas est toujours aussi éthéré ; mais en plus, son corps laisse une trace lumineuse sur son passage. Je me lève et j'ouvre les bras. Elle s'y enfouit, et je la guide dans une danse jeune. Mes mains parcourent son dos, frôlent ses fesses. Notre baiser n'est plus curieux, il est l'union qu'il annonce. Je dénude ses épaules, elle ouvre ma chemise pour laisser glisser ses mains sur ma poitrine et trouve les frissons de mes seins. Nos lèvres ne se quittent pas. Elles sont nos guides, comme nos mains sont nos yeux.

« Viens ! »

Elle conduit nos corps vers le lit. Je retire ma chemise et fais glisser sa longue robe, qui révèle son corps brûlant. Mes baisers partent à la découverte de ses plaisirs. Je laisse mes lèvres se multiplier sur sa poitrine et sur son ventre. Elles reconnaissent le parcours et viennent à la rencontre de son plaisir. Elle laisse échapper un long soupir en ouvrant ses cuisses, comme pour dire : « Fais ce que tu veux ! » Je le fais. Je prends doucement le rythme de son souffle, de son mouvement et je trouve du plaisir dans cette caresse gourmande. « J'aime ça ! » chuchote-t-elle.

« J'aime ça! » Mots simples mais complets, qui distillent une nouvelle intensité. Mes lèvres, ma langue, mon esprit fouillent et découvrent les zones heureuses de son corps. Un parfum. Celui de la femme qui perd la tête. Des cris, ceux de la femme qui s'abandonne. La vie perd ses aspérités, et le temps disparaît quand elle soulève ses reins ; son souffle s'arrête. Alors, dans un mouvement irrésistible, son corps libère l'orgasme, comme un ciel fait éclater ses nuages, pour retrouver le soleil et sa puissance. J'aime sa jouissance sans mesure et sans censure. Ailleurs. Elle vit, à ce moment, dans un espace qu'elle seule connaît. Son corps s'étire, se cambre et revient chercher ma langue. Encore, encore, encore.

Ce corps qui s'agite en des milliers de chocs et de soubresauts éveille ma joie et mon désir. J'ai un corps d'homme. Je le sens. Il est là. De retour. Il fallait ce plaisir de femme pour qu'il revienne me voir. Il lui fallait plus que de l'imagination. Il attendait du réel. Je retire ma langue, mes lèvres ; mon souffle fait frémir son clitoris. Doucement, comme une plume, j'embrasse encore, encore et encore l'intérieur de ses cuisses, pour retrouver son intimité. Mes mains glissent sur son ventre et remontent sur ses seins. Elles frôlent ses lèvres, trouvent sa langue, ses joues, son cou, s'attardent sur ses seins frissonnants et durcis. Elle coule, elle remonte et coule à nouveau. Elle respire profondément, la sueur perle sur son dos. Cette deuxième caresse la conduit rapidement à une autre explosion encore plus intense. Elle prend mes épaules et me tourne doucement. Ses lèvres prennent le relais des miennes, et elle lèche chaque centimètre de mon vieux corps. Quand elle aspire mon sexe, je sens monter mon désir d'homme encore davantage.

Une pensée folle me vient : vais-je tenir ?

« Oui, laisse-la faire, elle ne souhaite que ton plaisir », murmure le sermonneur.

Je me calme et me laisse prendre. C'est bon. Tellement bon. C'est une sorcière. Elle sait mes peurs et lit aisément dans ma joie. Quand je veux la ramener vers moi pour continuer en elle, elle résiste et intensifie sa caresse. Je ne suis pas un héros. C'est la libération. La Fameuse est morte, vive l'Amoureuse.

Nous flânons dans le lit pour aller au bout du moment, de ses climats; en passant par les rires de gamins et les baisers désespérés des amoureux qui retrouvent la réalité.

– Cinq minutes encore...

– D'accord! me répond-elle.

Dix minutes plus tard: « Reste encore un peu! » D'étirements en baisers, de baisers en bavardages, nous trouvons le sommeil dans les bras l'un de l'autre.

– Quelle heure est-il?

– Zéro heure.

Je sors du lit. Je suis nu, mais je ne m'en rends pas compte. Je suis nu sans honte ni pudeur. Sur le bureau, il y a un réveille-matin, mais je ne vois pas l'heure. Je m'approche: midi trente!

Elle soulève la couette et prend sa robe, qu'elle porte pliée sur son bras gauche. « Ne regarde pas! » Elle gagne la salle de bains. Je me sauve. Un gentilhomme n'envahit jamais l'espace d'une dame après l'amour. Ce n'est pas une question d'âge... C'est une question d'élégance.

J'entends applaudir dans ma tête.

– Tu vois, mon Philippe, il n'y avait pas de danger.

– N'empêche que j'ai mis du temps avant de sentir que mon désir se transformait dans mon corps.

– C'est normal, il fallait que ton corps reconnaisse le programme et se mette à croire à ce qu'il vivait.

– Tu as raison, sermonneur... Elle est bien, n'est-ce pas? Tu l'as vue?

– Avec tes yeux, oui, je l'ai vue. Tu la voyais belle et désirable, elle était donc belle et désirable.

– Dis-moi, sermonneur...

– Oui…

– Tu m'en voudrais beaucoup si je faisais quelque chose de très mal ?

– De très mal… Évidemment que je t'en voudrais, Philippe. Mais à quoi penses-tu ?

– Le fils Bezeau… Tu l'as entendu, aujourd'hui…

– Oui…

– J'aimerais le tuer. Tu crois que tu pourrais survivre à cela sans me gâcher l'existence ?

– Je ne suis pas ta conscience, Philippe, seulement ton sermonneur. Ce n'est pas pareil, tu le sais bien.

– Tu pourrais parler à ma conscience… Tu la connais bien…

– Pour la connaître, je la connais ! Elle trouve que tu l'as beaucoup endormie, dans ta vie.

– Est-ce que tu m'aiderais à l'endormir une autre fois ? La dernière. Promis. Je suis vieux, maintenant.

– L'endormir pour que tu puisses te concentrer à tuer ce jeune homme ?

– Il le mérite. Il est méchant.

– Mais la peine de mort, Philippe ! Il ne t'a pas tué, seulement insulté.

– Il se prépare à nous tuer. Nous ne pouvons pas retourner maintenant, surtout pas en étant démasqués. Nous serions des parias. Dieu sait ce qu'ils nous feraient vivre !

– Mais voyons, Philippe ! Ils ne vous tortureraient quand même pas !

– La torture est subtile dans les centres d'accueil, sermonneur.

– Philippe, vous êtes vieux, vous ne faites pas le poids.

– Si tu me donnais des idées, sermonncur… Qui sait ce que nous pourrions accomplir ?

– Tu me parles sérieusement ? À la fin de tes jours, tu veux devenir un meurtrier !

– Pas meurtrier… justicier. Fais cela pour moi. Tu mourras en paix, et moi aussi. Tu me dois bien ça… après tout ce que tu m'as fait vivre !

– Minute ! Je ne t'ai rien fait vivre. Tu étais parfaitement autonome. C'est moi qui subissais tes choix.

– Tu as quand même été un formidable emmerdeur !

– Et toi, donc ! Tu m'as gardé sur le qui-vive toute ta vie. Même à ton âge, donc au mien, je suis encore obligé de te garder à l'œil, tellement le potentiel d'erreur est élevé.

– Je me suis quand même assagi.

– C'est vrai ! Après tout, tu rêves seulement de tuer un homme ; peut-être deux, si nécessaire.

– Si je l'exécute, tu vas m'en parler le reste de mes jours. M'empêcher de dormir. Me gâcher la joie de vivre. C'est ce que tu me réserves. Je connais tes moyens et tes ruses, sermonneur.

– Tu parles de meurtre, Philippe.

– Non, je parle de légitime défense, sermonneur. La légitime défense contre l'imbécillité cruelle de cet homme.

– Je vais y penser…

– Pense vite. Parce que quatre jours, c'est vite passé.

Chapitre XVII

MONIQUE ET YVES sont rentrés vers seize heures. Crevés, mais tellement contents! La fatigue n'est pas importante. La mer, la morue, la liberté, l'aventure... Journée parfaite, comme la vie nous en offre de temps à autre. Hugo leur a même fait cadeau de quelques crabes – il ne faut pas le dire! – de quelques homards, aussi, pris à l'aide des trappes personnelles que ses amis micmacs le laissent poser. L'abondance! Yves a l'âme à la fête, et sa Monique aussi. Je dis « sa » Monique. Il est évident à mes yeux d'amoureux que quelque chose a changé dans la façon qu'ils ont de se regarder et de rire ensemble.

– J'espère que vous avez mis du blanc au frais.

– Bien sûr! Nous sommes des gens de foi!

– Bonne nouvelle! Je vous le dis, les amis, vous avez manqué quelque chose! Monique, raconte comment nous sommes des experts de la morue...

– Oui, mesdames et messieurs, les meilleurs du monde! Ils nous ont arrêtés, nous vidions l'Atlantique!

Je ris, Julie aussi. Ils sont beaux à voir. Nous prétendons que nous nous sommes sacrifiés à la cuisine pour préparer un repas à la hauteur de leurs prises. Julie part préparer les huîtres fumées dans sa sauce magique pour l'apéro. J'annonce alors le festival des artères:

Homard et sa sauce homardine;

Effeuillé de morue… En hommage à une recette célèbre de Patrick Mathey qu'il servait dans les années 1990, à son restaurant *La Marée Haute*, aux îles de la Madeleine ;

Petit plateau décadent… Quelques fromages maxi-cholestérol…

Et pourquoi pas ? Quoi de plus triste que de mourir sans raison ! C'est une obsession !

– De quoi est-il mort ? demanderait-on.

– Il avait quatre-vingt-cinq ans.

– Oui, mais de quoi est-il mort ?

Mourir sans raison, par une nuit d'été, c'est vraiment mal vu.

Julie revient avec les huîtres tomate citron. Une merveille, pour l'apéritif. Nous avons droit à la suite de la journée de pêche fructueuse. Le mouvement des vagues. Le mal de mer ? Pas du tout. De vrais marins, le cœur à la bonne place.

– Il y avait du rhum à bord. Hugo dit que le rhum donne du courage et de la santé. C'est ce que prennent les marins quand ils s'ennuient ou qu'ils ont peur. Et aussi quand la pêche est bonne. Alors, nous avons pris un verre.

– Tu veux dire « deux »…

– Je veux dire « deux ».

Bref, il y a beaucoup trop de bonheur dans l'air pour leur parler de la visite saugrenue des Bezeau, père, fils et gendre. Tacitement, Julie et moi avons choisi de les épargner. Le bonheur est un impatient, tandis que le malheur a tout son temps. Vingt-quatre heures pour le malheur, ce n'est rien du tout. Alors que vingt-quatre heures de bonheur, c'est aussitôt dit aussitôt fait.

– Pessimiste, mon Philippe !

– Non, pas du tout. Tu devrais le savoir, sermonneur, que je n'ai pas beaucoup de talent pour le malheur.

C'est à mon tour d'entrer en jeu pour la préparation du repas. C'est un moment joyeux pour moi depuis très longtemps.

Quand Manon et moi avions mis fin à notre vie commune, j'avais rapidement compris que ma survie passait par la cuisine. J'avais, petit à petit, découvert les plaisirs de l'invention, de la composition des menus, de la préparation patiente. Cela m'a valu quelques kilos et beaucoup de visiteurs... Je mets en marche le menu annoncé. Le repas sera festif, à la mesure du grand plaisir de nos amis.

Je me retrouve seul dans ma chambre. J'ai surveillé un signe de Julie, il n'est pas venu. Timide, la belle. J'entends des pas dans le corridor. Des pas sur un plancher de bois indiscret et bavard. Que me disent-ils ? Ce dont je me doutais un peu. Yves rejoint Monique pour naviguer encore le cœur dans l'eau. Je m'endors sur cette promesse de joie pour mes amis de fugue. Nous avons bien fait de nous taire ce soir. Certains élans ont besoin d'être à l'abri des mauvaises nouvelles. On ne sait jamais ce qui nous pend au bout du nez. Une catastrophe appréhendée n'est pas encore une catastrophe. Je me le répète.

Mais si ce n'est pas encore la catastrophe, ça lui ressemble drôlement. Faut le faire ! Louer la maison du père de la gazelle. Une chance sur des milliards. Pourtant, il est là, en chair et en os ; en méchanceté, aussi. Je n'ai pas vraiment envie de la comprendre, sa méchanceté. Un con c'est un con, même si nous trouvons une explication dans les tourmentes de sa jeunesse. Ça change quoi, de savoir pourquoi ?

– Psy, j'ai le vertige !

– C'est parce que vous êtes tombé d'un arbre quand vous étiez petit.

J'avais toujours le vertige, mais je savais pourquoi.

– Psy, quoi faire pour guérir ?

– Évitez les hauteurs.

Après, j'ai évité les hauteurs... et les psys !

– La cour tient à vous féliciter pour le meurtre de Claude Bezeau!

– Je vous remercie, votre honneur, il le méritait. On ne peut pas abuser des vieux impunément.

– Racontez à la cour comment cela s'est passé.

– D'abord, nous l'avons attiré avec les 25 000 $ qu'il nous réclamait.

– Hum…

– Ensuite, quand nous l'avons eu devant nous, nous avons étalé l'argent sur la table de la cuisine pour qu'il puisse compter.

– …

– Pendant qu'il comptait, Yves lui a donné un coup de marteau derrière la tête. De toutes ses forces, qui sont encore impressionnantes pour son âge.

– …

– Son amoureux a poussé un cri, mais il était trop tard.

– Est-ce que son amoureux a fait quelque chose pour se porter à sa défense?

– Mis à part son cri, absolument rien. Quand il a vu la gazelle par terre, il nous a aidés à le transporter. Il disait: « Enfin! Enfin! Je peux pas le croire! »

– Bizarre, n'est-ce pas?

– Oui, mais il vous en parlera lui-même…

– Est-ce que le coup de marteau l'avait tué?

– Ah non! Il vivait toujours, même s'il saignait abondamment.

– Est-ce que les dames étaient présentes?

– Pas dans la cuisine, mais dans le salon, oui. Elles faisaient jouer de la musique du bon vieux temps: Pink Floyd…

– Alors, qu'avez-vous fait?

– Nous l'avons étendu par terre et attaché solidement. On ne sait jamais!

– Évidemment ! Ces jeunes sont dangereux, surtout quand ils perdent la tête.

– Vous avez raison, monsieur le juge, à notre âge, nous ne voulions courir aucun risque.

– Bonne décision !

– Nous avons alors appelé Monique, qui est venue avec une seringue.

– Que contenait la seringue ?

– De la morphine, votre honneur. Nous l'avions apportée pour ne pas souffrir si les choses tournaient mal pour l'un d'entre nous – ou pour nous quatre.

– De la morphine... Tiens donc !

– Nous avions même pensé la prendre, quand le Bezeau nous a menacés de nous dénoncer...

– Quel être malfaisant !

– Monique a trouvé une veine et a piqué. Elle avait préparé une forte dose. Il est mort sur le coup. Je crois...

– Bravo !

– C'était de la légitime défense, vous savez. Nous ne faisions de mal à personne en prenant des vacances sur l'île Lamèque.

– J'aimerais entendre l'amoureux de ce Bezeau...

– Oui, votre honneur !

– Votre nom ?

– Sergio Lamothe !

– Vous êtes content, Monsieur Lamothe ?

– Content, je ne sais pas... Soulagé, oui !

– Parlez-nous de lui...

– Par où commencer ?... Il me trompait avec une femme – et aussi avec de jeunes serins.

– Avec une femme ! Les serins, je peux comprendre, mais une femme ?

– Oui, une épouse de service quand il sortait en ville avec la direction du centre d'accueil. Le directeur n'aime pas les homosexuels.

Mon homme avait une femme de service ; pour sauver les apparences.

– Est-ce qu'il couchait avec elle ?

– Peut-être, parce qu'elle était très amoureuse de lui.

– Ah bon !

– De plus, c'était sa compagne de cocaïne. Il me laissait souvent seul pour aller passer des soirées et des nuits chez elle. Je ne voulais plus qu'elle se pointe chez nous. J'en avais marre de les entendre rire de tout le monde. Personne ne trouvait grâce à leurs yeux.

– Des coupeurs de tête, si je comprends bien ?

– Oui ! Des profiteurs, aussi. Ils tétaient le riche et le plus fort. Ils méprisaient ensuite ceux qui les admettaient auprès d'eux.

– Un désastre humain !

– Une sorte de désastre humain, en effet.

– Que regrettez-vous ?

– De pas l'avoir fait moi-même. J'aimerais être ami avec des vieux aussi courageux.

– Donc, ils méritent nos félicitations.

– Oui, votre honneur, et notre admiration.

– Monsieur Dumouchel, revenez à la barre des témoins.

– Tout de suite, votre honneur !

– Monsieur Dumouchel, si monsieur Bezeau n'avait pas été homosexuel, auriez-vous agi de la même manière ?

– Tout à fait, votre honneur ! Nous ne voulons pas retourner au centre d'accueil. Notre vie est ici, pour l'instant. Lui nous menaçait. C'est la menace que nous avons tuée, pas lui. Je vais vous dire, votre honneur, si nous n'avions pas été des vieux, le fils Bezeau, il n'aurait jamais osé nous menacer.

Il paraît que des rêves de meurtre, tout le monde en fait. Ce serait, avec la vengeance, le scénario le plus joué dans les voitures, le matin ou le soir. Avant même la discussion avec le patron pour une augmentation ou la mort libératrice du conjoint pour poursuivre une nouvelle aventure sans payer de pension ou sans regret. Un psychologue a déjà prétendu que nous étions tous des assassins ; mais le plus loin que la plupart d'entre nous peuvent aller dans cette pulsion humaine, c'est le meurtre rêvé. C'est bon pour la santé car il permet d'éviter l'infarctus ou le cancer. C'est dire : « Tuez dans votre tête et vivez plus longtemps ! »

Depuis que je le sais, je n'ai plus jamais regardé un automobiliste de la même manière. Ça tue, dans ces têtes-là ! Comme beaucoup de gens habitent en banlieue, ils peuvent tuer plus longtemps. Ils n'empruntent pas le transport en commun. Ils ne veulent pas arriver rapidement. Le meurtre parfait prend du temps. Ceux qui habitent Prévost ou Saint-Sauveur arrivent frais et dispos, débarrassés de tous ceux qui leur ont cassé les nénettes durant la journée. Il n'y a pas d'autres raisons pour habiter aussi loin.

Oui, je suis frustré. C'est normal. Mes amis sont heureux comme ce n'est pas possible, Julie et moi venons tout juste de trouver la rareté de l'amour ; et ce Bezeau fils vient nous ramener sur terre. Nous étions un peu naïfs de croire que tout se passerait aussi facilement. Nos messages dans l'univers, mon cul ! Personne n'est à l'écoute.

Cette gazelle maudite, j'ai beau la tuer dans ma tête, rien ne l'empêche de respirer ni de puer du cœur. Cœur de pierre du con cassé. Cœur qui sent la mauvaise haleine de l'âme.

Je dois dormir, maintenant. Sinon, je ne serai pas capable de penser intelligemment demain matin. Quelle heure est-il ? Déjà minuit ! Nuit courte et urgence.

Les deux pêcheurs sont dans le salon quand je me pointe à cinq heures trente... Ça sent le café.

– Alors, monsieur fait la grasse matinée ?

– Si on veut, oui... J'ai eu du mal à m'endormir. J'ai cru entendre des pas dans le corridor, comme s'il y avait un déménagement...

Monique rougit. Yves sourit. Le fier mâle que voilà ! Décidément nous ne changeons pas.

Je ne sais pas vraiment quoi dire. Dois-je attendre Julie ou tout raconter maintenant ? Je me sens comme un couvre-feu un soir de fête.

C'est Monique qui voit la première que mon silence est anormal. Elles ont des antennes. C'est prouvé scientifiquement.

– Il y a un problème, Philippe, je le sens.

– Oui, mais cela me purge de vous en parler.

– De quoi s'agit-il ?

– Le père Bezeau a un fils. Et ce fils n'est nul autre que la gazelle, l'infirmier de nuit au centre d'accueil... Il est venu ici. Il réclame 25 000 $ pour son silence. Sinon, il nous dénonce à la police.

– Maudite merde !

Yves donne un coup de poing sur la table à café.

– Je ne crois pas qu'on puisse se fier à lui. Vingt-cinq mille dollars, c'est juste le début. Il va en vouloir plus. Merde, merde, merde !

Monique fixe le plancher, comme pour vérifier s'il y a encore du solide sous ses pieds. Mais son nouveau monde s'écroule. La grande dépression. Tout nous apparaît clair. L'argent n'empêchera rien. Il nous donnera tout au plus encore un peu de temps. Mais du temps, pour en faire quoi ? Pour attendre comme des porcs que ça finisse ? Pour ne jamais être sûrs du moment de l'interruption du grand bonheur que nous nous construisons ici ?

– Sommes-nous prêts à tout ?

C'est Julie qui descend l'escalier. Nous la regardons. Prêts à tout. Sommes-nous prêts à tout? Elle ajoute que Paul Auster a écrit: « Si nous ne sommes pas prêts à tout, alors nous ne sommes prêts à rien. »

Monique est prête à pleurer. Yves est prêt à jurer. Moi, je suis prêt à tuer.

– Qu'est-ce que tu veux dire, Julie?

– Nous avons des choix.

– Pas trop…

– Mais oui, Monique, nous en avons.

– Je n'en vois pas. Il va nous vider et nous dénoncer. Nous retournons au centre d'accueil, c'est notre seul choix. Donne-moi mon médicament, s'il te plaît, Yves.

Et elle continue:

– Ce que nous avons vécu, c'est quand même mieux que rien.

Yves lui tend ses médicaments, puis l'embrasse sans gêne sur les lèvres. Perdre du temps… Plus maintenant.

Julie se verse une tasse de café et repousse les toasts que je viens de lui préparer:

– Nous avons des choix. Premièrement, nous pouvons accepter de retourner au centre et faire face aux accusations et à l'opprobre. Deuxièmement, nous pouvons prendre la fuite et trouver une autre cachette. Troisièmement, nous pouvons nous préparer un puissant cocktail et nous suicider. Quatrièmement, nous pouvons entrer dans son chantage et gagner quelques semaines de plus. Cinquièmement, nous pouvons le piéger, le dénoncer à la police comme notre ravisseur et revenir au centre comme des victimes de ce méchant abuseur de vieux. Sixièmement, nous pouvons tuer les Bezeau. Dommage pour les vieux, mais ils paieront avec le fils.

Nous écoutons les options. Nous avons de quatre-vingt-un à quatre-vingt-cinq ans. Nous ne sommes pas précisément familiers avec le monde des tueurs à gages, pas plus que nous ne sommes équipés pour faire le travail nous-mêmes. Yves perdrait l'équilibre en essayant de maîtriser le Bezeau, Monique ne se souviendrait pas pourquoi nous sommes là. Julie est capable d'être froide, mais la froideur ne suffit pas pour faire mourir quelqu'un rapidement. Lentement, peut-être, comme dans un couple. Mais jamais rapidement. Puis moi, avec mon habileté manuelle, je mettrais nos vies en danger. Même à quatre, nous serions incapables d'être un tueur efficace. Alors, je demande :

– Seriez-vous capables de mourir, vous autres ? Monique, saurais-tu nous préparer un cocktail assez puissant pour que nous partions vite et sans souffrir ?

– Oui !

– Quand voudrais-tu que nous le fassions, Philippe ?

– Demain soir, Yves, après un grand repas et une belle journée. Nous passerions l'après-midi entre amoureux et nous nous retrouverions pour le repas des joyeux naufragés. Nous préviendrions la police avant de prendre notre cocktail ; nous laisserions une note incriminant la gazelle, qui nous aurait poussés à la mort.

Monique pleure doucement.

– Je ne pensais pas mourir aussi vite et aussi jeune.

– De toute manière, mourir au centre d'accueil ou ici, Monique.

– Peut-être, mais l'été commence, et nous sommes encore jeunes, beaux et en santé, comme Julie dit toujours...

Julie est attentive et en même temps absente. Quand je lui demande si elle est prête à mourir dans mes bras, elle me fait signe que oui, mais ajoute :

– Il faut d'abord que je parle à Charles.

– Charles n'existe pas !

– Oui, il existe.

Chapitre XVIII

OUI, il existe.

Nous nous sommes séparés sur cette phrase. D'instinct, nous avons pris nos distances. Monique est montée à sa chambre. Yves a pris son bâton de marche et s'est dirigé vers la baie des Chaleurs. Julie est assise dehors sur la galerie et se berce doucement. Moi, je suis au salon, j'essaie de lire…

Mais je ne trouve pas vraiment l'attention qu'il faut. Je pense que demain soir, nous devrons sans doute nous embrasser une dernière fois et prendre délibérément un cocktail mortel. L'idée me fait un drôle d'effet. À la fois indifférence et tristesse. Sentiments incompatibles. Pas vraiment. Il m'est indifférent de mourir, mais je suis triste parce que la vie est belle ici, tellement laide là-bas. Alors là-bas ou la mort ! Vue ainsi, la mort me laisse indifférent. Je préfère nettement mourir ici dans les bras de celle que j'aime.

– Sans te battre. Tu vas mourir sans te battre. Je ne te reconnais pas, Philippe. Sans même essayer de le tuer, alors que tu nourris cette pensée depuis une année. Pas fort !

– Toi, sermonneur, tu me dis de tuer un être humain ?

– Oui !

– Ce n'est pas mon sermonneur qui parle, c'est impossible.

– C'est bien moi, pourtant. Vois-tu, Philippe, c'est assez simple à comprendre, même pour un intellectuel comme toi.

– Cause toujours, tes heures sont comptées...

– Justement, si tu meurs, je meurs. Je ne suis pas prêt. Je ne veux pas mourir.

– Tu as peur, toi le parfait, l'impeccable ? Tu as peur, n'est-ce pas ?

– Peur, je ne sais pas ; mais je ne veux pas que tu partes. Je tiens à notre vie.

– Mais, sermonneur, l'au-delà, c'est chez vous ! C'est le lieu des parfaits comme toi. Tu seras avec tes semblables.

– Et si l'au-delà n'était qu'une chimère ? Alors, je me retrouve Gros-Jean comme devant ! Parions qu'il n'y a pas de vie après la vie et vivons jusqu'à la limite. C'est le pari de Pascal, mais à l'envers.

– C'est maintenant, la limite, sermonneur !

– J'ai peur, Philippe. Bon ! Voilà ! J'ai peur. Je ne veux pas de cette limite que tu t'imposes.

– Ah bon !

– Te rends-tu bien compte ? Supposons que nous mourons demain. Nous arrivons dans le vide et nous croisons le docteur Raymond Moody...

– Celui qui a écrit *La vie après la vie* ?

– Oui.

– Et alors ?

– Alors, le bon docteur Moody a l'air d'une âme en peine.

– Et...

– Tu lui demandes pourquoi. Il te répond qu'il est là depuis vingt-cinq ans et qu'il ne trouve pas le maudit tunnel avec la lumière blanche au bout. Il te dit qu'à sa mort, il n'a pas flotté au-dessus de son corps, et personne ne lui a dit de revenir. Personne non plus ne l'attendait avec un verre de paix.

– Bon, d'accord ! Qu'est-ce que tu proposes de concret ?

– Rien !

– Tu es vraiment un emmerdeur de première !

– Les folies, les coups fourrés, la manipulation, le mensonge, le trompe-l'œil, la ruse, c'est ton domaine. À chaque femme, tu as inventé un subterfuge. À chaque client, tu as chanté une chanson. À chaque responsabilité, tu as opposé une distraction. Qu'est devenu le plus grand plein de merde de la planète ? Un paquet d'os résignés. Incroyable ! Si je m'attendais à ce que tu finisses comme ça ! Tu me déçois profondément, Philippe. Où est ton panache ? Où sont passés don Quichotte et Cyrano ?

– Ça suffit !

J'ai une idée. Charles existe ; son vrai nom, c'est Jérémie. Bonne chance ! Essayons de ne pas mourir tout de suite.

Ouais ! Peut-être… Essayons.

Midi, je sonne les cloches. Je viens de préparer le festin de la folie douce pour les artères : crabes, homard et soupe de morue à la crème. Lentement, l'un après l'autre, les joyeux naufragés se pointent. Monique arrive la première. Elle force un sourire et demande : « Où est Yves ? » Justement il arrive, le pantalon déchiré aux deux genoux, il saigne… « Maudite côte ! » Julie se fait attendre. Je sors la chercher. Elle dort. Son visage est serein. Sans tension, on dirait même qu'elle sourit. Je m'approche : « Mon amour, le repas est prêt. » Je l'embrasse sur le front, elle ouvre les yeux et me confie : « Tu sais, Charles existe ; c'est Jérémie. » France dite Shakti dirait que c'est de la synchronicité. C'est plus chic que de dire coïncidence… À quoi Julie pense-t-elle quand elle nomme Jérémie ? Nous nous retrouvons tous les quatre devant un repas de riches. Je ne sais pas ce que les riches mangent ce midi, mais nous n'avons rien à leur envier. Sauf deux ou trois petits détails… L'âge ? Même pas. Ils ne sont pas épargnés, malgré la guerre qu'ils ont les moyens de livrer au vieillissement. Ils sont d'ailleurs faciles à reconnaître, les vieux riches.

Les hommes n'ont pas un cheveu blanc et font des enfants à des femmes de trente ans; les femmes n'ont pas de rides ni de poils dépassant des oreilles et des narines. Les plus vieux, vieux riches, font pousser leurs fauteuils roulants par des chauffeurs en livrée et enivrés.

Yves a déjà un verre à la main. Monique le regarde, inquiète de sa vilaine chute.

– Alors?

– Alors quoi?

– Êtes-vous prêts pour ce soir?

Julie nous regarde l'un après l'autre et dit:

– Je pense que nous pourrions tenter quelque chose. Si nous échouons, nous prendrons le cocktail. Si Philippe parle à Jérémie, nous pouvons faire une manœuvre qui sauverait la mise et sortirait les Bezeau de notre vie.

– Les tuer?

– Pas tout à fait, mais tout comme.

J'interviens assez sèchement, parce que j'hésite à mêler Jérémie à nos affaires. Il est jeune et ne doit pas se retrouver dans une situation qui hypothéquerait le reste de sa vie. Mes remarques nous ramènent à l'échéance de la soirée. Mais Julie revient à la charge.

– Je te comprends, Philippe. Tu ne voudrais pas qu'il arrive quelque chose de fâcheux à Jérémie. Mais, selon moi, il pourrait jouer un rôle sans conséquence pour lui. Je te promets qu'il ne tuera personne. Mais son intervention pourrait faire une grosse différence. Laisse-moi raconter mon plan…

Nous écoutons attentivement ce qu'elle a imaginé. Elle prend tout le repas pour nous raconter le sauvetage qu'elle a conçu. À la fin, je suis mûr pour un Crown Royal – et Yves aussi! Monique est plus confuse que d'habitude.

– Jérémie, c'est Charles? Je ne comprends plus…

Moi je comprends parfaitement que ma Julie est la femme la plus capable du monde. Heureuse dans le danger aussi. Dangereuse. Capitaine au long cours, qui en a vu d'autres, et vraisemblablement des pires.

N'est pas Quichotte qui veut
Car Quichotte c'est un don
Qui rend l'innocent courageux
Et donne à l'aveugle, une vision

Où ai-je mis le numéro de téléphone de Jérémie ? Dans ma chambre, sans doute. C'est une mauvaise nouvelle. Où, dans ma chambre ? Mais je vais trouver… Souhaitons-le !

Nous avons un après-midi chargé. Direction la chambre. Outch ! Un détecteur d'orteils !

Chapitre XIX

QUATRE JOURS plus tard, les Bezeau sont bien surpris de nous voir arriver à neuf. Et particulièrement surpris par les manières assez rudes de « monsieur Charles », comme nous le nommons tous. Son équipage en impose beaucoup ! Il faut le voir avec sa barbe blonde et des yeux d'aigle en colère. Des gaillards laissent toujours une impression d'ordre.

Charles est clair et sec. Il donne des directives précises à des Bezeau attentifs. Quand cet homme parle, personne ne se demande ce qu'il veut dire. Comme disait mon grand-père : « L'air bête lui va vraiment bien ! »

Nous sommes là en tant que témoins, victimes et metteurs en scène. Mais nous nous laissons prendre au jeu quand monsieur Charles ordonne à la famille Bezeau et au gendre beaubelle de s'étendre sur le ventre. Le père Bezeau et sa douce obtempèrent sans faire de difficultés ; le beaubelle aussi, mais en geignant ; le fils Bezeau a un mouvement de révolte, vite réprimé quand l'un des sbires de monsieur Charles lui colle le canon d'un fusil sur la tête.

Son père lui dit doucement : « Laisse faire, Claude… »

Ils leur attachent simplement les mains dans le dos et leur entravent les pieds. La maîtrise élémentaire. Pas plus. Ils les redressent, l'un après l'autre, puis les appuient sur le mur du salon.

Madame Bezeau regarde le chat que monsieur Charles leur a présenté en disant : « C'est ma panthère. » Il est mignon dans sa cage, ce joli petit chat tout noir. Elle le regarde comme si elle voulait lui dire quelque chose. C'est le désarroi dans ses yeux qui le laisse croire.

Monsieur Charles explique calmement, en les fixant, que nous avons payé très cher pour nous retrouver à l'île Lamèque. À dire vrai, en échange de ce voyage de quatre mois, il nous dépossède. Toutes dépenses payées, incluant sa protection. Il explique, j'en ai des frissons dans le dos, que sa protection a des limites et que nous commençons à l'emmerder. Tellement, que si l'aventure tourne mal, il n'hésitera pas à nous liquider; encore plus rapidement si nous sommes assez imbéciles pour verser 25 000 $ à un couillon qui s'improvise maître chanteur.

Ce disant, comme pour ponctuer sa phrase, il frappe violemment le fils Bezeau. Le gabarit de monsieur Charles est imposant; j'imagine qu'une de ses claques sur la gueule modifie le parcours de quelques neurones, remue les synapses et chatouille les neurotransmetteurs. Chose sûre, il touche directement les glandes lacrymales, puisque le bébé Bezeau pleure un peu. Pas beaucoup. Un peu.

Pas assez à mon goût, mais enfin!

Monsieur Charles explique alors qu'il n'a pas du tout envie que la police vienne enquêter sur notre petit voyage. Alors là pas du tout. Une enquête peut mal tourner, et les policiers pourraient remonter jusqu'à lui.

Il présente un de ses acolytes, qui porte un masque de chirurgien. Je reconnais ces yeux-là. Mais qu'est-ce que Jérémie, alias monsieur Charles, a préparé? Quelques détails qui m'échappent. Il a improvisé.

Monsieur Charles explique à ses prisonniers que, dorénavant, ils seront porteurs d'un cookie nouvelle version criminelle. Il y a un marché noir de cette version. Ce bidule contient une charge explosive assez forte pour tuer sur le coup. Il peut être activé à distance et boom!

C'est quoi, cette histoire? Non, mais! Qu'est-ce qu'il raconte? Démonstration. Il sort une manette électronique, active une commande, et le chat explose; ses chairs volent en éclats, son sang souille les murs, le plancher, nos vêtements.

Dégueulasse!

Madame Bezeau fait des nacs nacs avec sa langue, et ses yeux annoncent sa folie. Le père Bezeau ne regarde pas. Il ne peut pas. Moi non plus, d'ailleurs. Le fils Bezeau est tétanisé, et beaubelle crie: « Non! Je veux pas. Je veux pas de cookie. J'ai rien fait. »

Il n'a pas tort, mais l'amour invente des détours, comme disent les hommes infidèles: « On peut aimer la lune sans tromper le soleil. »

Monsieur Charles regarde Julie; elle sort de sa froideur pour lui sourire. Elle aime le moment, je le vois bien!

L'homme au masque de chirurgien entreprend alors d'installer les cookies; près du cœur. Une toute petite chose de rien du tout. Il explique à monsieur Charles, en lui empruntant la manette, qu'ils sont tous les quatre sur la même longueur d'onde. Un clic, et les quatre cookies seront activés. Il ajoute qu'une tentative pour les retirer déclenche l'explosif. Tous pour un, un pour tous. La solidarité électronique.

Je ne sais pas pourquoi, mais à ce moment précis, je suis content d'être vieux. Je ne veux pas tellement savoir comment le monde va tourner. Charles conclut en indiquant que s'il nous arrive quoi que ce soit, il activera le déclencheur.

Monique fixe un point dans le vague, comme si elle n'avait rien vu. Elle bouge sur sa chaise et ne se tourne pas quand Yves lui prend la main. Je ne reconnais pas Yves. On dirait qu'une colère l'enveloppe. Une colère proche de la révolte. Partons... Les choses prévues sont accomplies; les choses imprévues, je veux que Jérémie et Julie me les expliquent. Ces deux-là n'avaient pas tout dit. Notre petite démocratie maison vient de céder le pas aux intérêts supérieurs. Comme toujours. Encore une fois, il y avait ceux qui savaient et ceux qui ignoraient.

Nous nous retrouvons tous les neuf dans notre maison. Elle a perdu ce qui la rendait joyeuse. Jérémie discute avec l'homme au masque chirurgical, son ami Jean, qui nous avait retiré nos cookies. Il nous avoue alors que nos ennemis portent des implants inoffensifs. Des faux, purement et simplement ; ils fondront en vingt jours. Quelqu'un de courageux le découvrirait rapidement, mais il faut beaucoup de courage pour prendre ce risque. « Ils n'oseront jamais, après l'explosion du petit chat. »

Bref, Jérémie, Julie et Jean parient que ces gens-là vont vivre le reste de leurs jours avec cette menace bien incarnée. Jérémie nous présente ses autres camarades de mise en scène, des copains qui ont accepté de voler à notre secours.

Nous avions convenu qu'après cette rencontre avec la gazelle, il nous serait difficile de demeurer ici. Nous quitterons la maison demain et irons du côté du Québec. Où ? Nous l'ignorons pour l'instant. Jérémie nous conduira à destination. À l'exception de Jean, ses amis reprennent la route, après nous avoir souhaité bonne chance et en nous disant de ne pas nous inquiéter.

Je ne peux m'empêcher de penser qu'il y a maintenant beaucoup de monde au courant de nos manœuvres… Mais avions-nous le choix ? comme dit Julie après le départ des trois costauds qui regagnent Montréal. Pas vraiment !

– Le coup des faux cookies explosifs et la destruction du chat n'étaient pas au programme. J'aurais aimé le savoir.

– Philippe, il valait mieux pour tout le monde que l'effet de surprise soit total.

– Quand même ! Je n'aime pas ce que j'ai vu et encore moins ce que nous avons fait.

Julie sait s'y prendre pour amadouer ma colère et ma frustration. Son propos convaincrait n'importe qui ; alors, elle n'a pas de peine à convaincre l'homme qui l'aime que les meilleures stratégies sont celles qui ne sont pas trop ébruitées.

Chapitre XX

LE SOLEIL donne une couleur rose au petit matin et lève lentement la brume qui couvre l'île.

Je descends sans regarder l'heure, tellement ce soleil-là ressemble à quatre heures cinquante. Je ne suis pas le premier debout ; exceptionnellement, je suis même le dernier des quatre joyeux naufragés. Jérémie et le docteur Jean dorment encore. J'ai dormi avec Julie, qui m'a fait vivre une intensité qui n'est pas de notre âge. Une passion comme seul le grand danger peut en créer, puis j'ai sombré dans un sommeil profond. Quand je me pointe au salon, ils bavardent tous les trois comme si de rien n'était. Pas vraiment, mais ils affichent tellement de calme ! Sérénité serait plus juste. Elle contraste un peu avec mon sentiment anxieux. J'ai une urgence qui me colle à la peau et une pression dans le ventre.

Dans ma vie, j'ai mis un temps fou à décoder les alertes annoncées par ces sensations. Chaque fois que j'ignorais ces signaux intérieurs, j'apprenais que « j'aurais donc dû m'écouter » !

Mais je n'écoutais pas. Il m'a fallu près de cinquante-cinq ans pour comprendre ce que signifiait « mon angoisse », comme je la nommais, et qui n'était souvent rien d'autre que de l'instinct frustré ou de l'intuition bafouée. Pour tout dire, j'aurais pu m'éviter la plupart des malheurs que j'ai vécus, si seulement j'avais été attentif à ce que je me disais. Ce matin, je sais bien qu'une voix intérieure se transforme en douleur pour me parler.

Elle me dit que la fuite est compliquée. Nous nous sommes trompés de moyens, hier. Quelque chose me le dit. C'est flou. Seule cette boule dans mon ventre ne l'est pas.

Monique m'accueille en me proposant un café. Elle me semble revenue à elle et ne cache pas sa joie du petit matin. C'est une joyeuse du matin, et celui-ci ne fait pas exception. Pourtant, hier, j'ai bien craint que l'épisode Bezeau ne la précipite dans l'autre versant de sa mémoire. Ce n'est pas le cas ; les bras, la voix, les rires d'Yves l'ont probablement ramenée du bon côté. Hier chez les Bezeau, Yves affichait de la colère et de la révolte. Nous n'avons pas reparlé de ça, lui et moi. Mais manifestement, il a « transcendé », comme on dit chez les malheureux anonymes. Quand même, je lui demande :

– Tu me semblais en colère, hier… Ça n'allait pas du tout, chez les Bezeau…

– Mais non, tout est OK.

– Yves, voyons ! Tu étais en colère !

– Je n'ai pas le goût d'en parler. La violence, ce n'est pas mon sujet préféré.

– Comme tu veux… Mais tu m'as déjà dit, au centre d'accueil, que tu serais d'accord pour tuer la gazelle.

– Je ne m'en souviens pas ! Si je l'ai dit, c'était pour te faire plaisir, Philippe.

Me faire plaisir ! Où en suis-je ? Mon ami a cru qu'il me ferait plaisir de tuer un homme… Il a raison. Mais qu'est-ce qui m'arrive, depuis un an ?

Je n'insiste pas. Nous avons à parler de la suite des choses, mais, comme pour toutes les choses pressantes, je préfère attendre encore un peu.

Julie tient sa tasse comme si elle voulait se réchauffer les mains, elle me regarde avec douceur. Ce n'est plus la femme au sourire guerrier devant les Bezeau terrorisés. Je sais d'elle, maintenant, que rien ne doit arrêter son parcours. Elle ne le prend pas.

Il est même étonnant que cette femme ait accepté de se retrouver dans un centre d'accueil... Pour se punir, tout simplement. Je ne vois pas d'autres motifs. Le feu est encore trop puissant chez elle pour limiter son souffle et son énergie aux murmures des vieux.

J'aime cette punition qu'elle s'est infligée, car elle l'a mise sur ma route. Je sais toutefois que je ne la garderai pas longtemps. Pourquoi ? Je ne sais pas. La réponse se cache peut-être dans la boule qui fracasse mon corps, ce matin.

Monique s'offre à préparer le petit déjeuner. Yves demande le costaud, le petit déjeuner qui fait mourir lentement mais sûrement, avec pommes de terre rissolées, saucisses, œufs et toasts au pain de ménage. Du pain blanc avec du beurre. Monique le gronde un peu en lui rappelant que son hypertension n'est pas une vue de l'esprit et que son tour de taille est moins capable d'expansion. C'est vrai que notre voyage l'a fait grossir un peu. Il rit en lui disant : « Au prix où sont les cercueils, aussi bien les remplir. »

Julie demande ses céréales spéciales, toutes naturelles aux framboises séchées, avec du lait de soja. Elle ajoute un peu de kéfir aux fraises pour récupérer toute l'énergie possible, répète-t-elle chaque fois que nos airs étonnés questionnent son choix de petit déjeuner, depuis que nous avons quitté les repas sans vie du centre d'accueil.

Je ne demande rien. Je n'ai pas faim. Si peu que je m'excuse pour aller vomir sans alarmer personne. Je vomis la veille ou la suite, je n'en sais trop rien.

Quand je reviens, Jérémie et Jean arrivent et réclament un café, double caféine, précise Jean, ce qui amuse Monique pour qui les matins sont toujours assez excitants. Elle sert les deux jeunes hommes en précisant qu'il s'agit du café le plus fort des Maritimes.

– Une bombe à retardement !

– Ne parle pas de bombe à retardement ! s'empresse de dire Yves, tout en crevant les jaunes de ses deux œufs avec son toast.

Jérémie se demande à voix haute quelle sorte de nuit les Bezeau ont bien pu passer avec leurs faux cookies explosifs.

– Ils ont dû dormir sur le dos!

Julie s'amuse nettement de l'inconfort de nos infortunées victimes.

– Je ne le crois pas. Ils n'ont pas dormi. Ils sont terrorisés. Vous vous rendez compte un seul instant? À tout moment, quelqu'un peut décider à distance que vous avez assez vécu. Le bon Dieu est un satellite. On peut ne pas croire en Dieu, mais il est impossible de ne pas croire aux satellites. Tout le monde en a vu au moins un dans sa vie. Les Bezeau ont vu exploser un chat, devant eux, sur la simple pression d'une manette. Ils ont vu, ils croient et ils ont la trouille.

– C'est un peu cruel, vous ne trouvez pas, Jean?

– L'enfer, Madame Monique!

« Non, ce n'est pas cruel », affirme Julie. Elle sait de quoi elle parle, puisqu'elle est morte plusieurs fois dans sa vie. De telle sorte que la cruauté ne l'impressionne pas. Elle explique alors que nous méritons cette fuite, même si elle doit avoir une fin, « mais à notre heure ».

Elle précise que nous devrions nous préoccuper bien davantage de ce que nous ferons. Nous avons décidé de partir, encore faut-il savoir quelle direction nous prendrons.

– S'ils sont terrorisés, comme vous le dites, les Bezeau ne nous feront pas d'ennuis.

– Qu'est-ce que tu proposes?

– Que nous ne bougions pas d'ici. Le fils Bezeau retournera travailler, et nous continuerons nos vacances.

– Je ne peux pas croire que nous le retrouverons à notre retour!

Cette discussion entre Yves et Julie crée plus de confusion que de clarté. Nous sommes divisés, car j'opte plutôt pour le départ.

– Tant qu'à faire, voyons du pays!

Jérémie nous indique que Jean et lui ne peuvent pas demeurer avec nous plus de deux jours. Alors, nous devons décider. Si nous en sommes incapables, il nous informe qu'il reviendra la semaine prochaine, « plus tôt, si vous vous branchez ».

Il ajoute que, dans les circonstances, ce n'est peut-être pas une bonne idée qu'il s'amène avec les enfants. Je proteste pour la forme, mais je suis d'accord.

Les autres ne commentent pas et ne font pas semblant qu'ils ressentent une grande déception. Personne, au fond, ne souhaite jouer les papies et les mamies. Personne. Jérémie va mieux, on dirait que sa petite aventure en monsieur Charles lui a donné un deuxième souffle. Je le prends à part.

– Qu'est-ce que tu ferais, à notre place ?

– Je partirais.

Je lui demande des nouvelles de Mélanie. Pas de nouvelles. Aucun signe de vie. Et lui ?

– Je remonte la côte.

– Tu es seul ?

– Pas vraiment ! J'ai les enfants et...

– Et ?

– Une amie de Mélanie se rapproche...

– Ça te plaît ?

– Elle me fait du bien.

Quand nous retrouvons le groupe, quelque chose a changé. Julie parle, elle a changé de cap...

– Partons, Philippe, tu as raison.

– Quand ?

– Demain matin !

– Où allons-nous ?

– Voir le rocher Percé !

– Pourquoi pas ?

Ce qu'elle propose, ce n'est pas la fuite, plutôt un voyage de touristes ; après, nous reviendrons à la maison poursuivre nos vacances. Vivons dangereusement, tant qu'à faire! Yves et Monique semblent d'accord. Jérémie nous déposera à Percé, nous reviendrons par nos propres moyens. L'autobus. Le circuit est compliqué, mais il y a moyen de revenir.

Quinze cents dollars devraient suffire pour cette semaine gaspésienne. Peut-être pas, la Gaspésie est chère. C'est normal, l'été y dure trois jours! Ces jours-là, les chambres d'hôtel coûtent les yeux de la tête, et le saumon fumé nous fait payer son détour par la péninsule. Jérémie, en vrai fils inquiet, nous recommande de prévoir 2 500 $. Heureusement que nous sommes économes! Si nous suivions ses normes, nous serions ruinés au début d'août!

La journée vient de prendre une nouvelle tournure. Les dames parlent d'affaires de femmes; nous les hommes, nous jouons les organisateurs. Nous nous occupons de tout, c'est-à-dire de rien du tout. Quand Julie me suggère d'aller préparer mon bagage, je lui dis un « oui » malhonnête. Je l'aime, mais je ne vais quand même pas me préparer! Attendre à la dernière minute, c'est une manière de vivre. Ne rien oublier; pendant cette dernière minute, penser à tout. Je sais comment cela finit. Mon bagage contient tout ou presque, mais le pliage des vêtements est légèrement déficient, de même que l'ordre des choses.

Monique est dans la chambre d'Yves et range ses choses comme une fille: bien en ordre. Yves surveille pour s'assurer qu'elle n'oublie rien, ni pour lui ni pour elle. Ils font bagages communs. Ce qui signifie qu'Yves apportera peu de choses. Voyant ça, je me dis que Julie n'a pas suffisamment développé son côté féminin. Quand je le lui souligne à la blague, elle me répond: « *Take it or leave it!* » Et vlan! À quatre-vingt-trois ans, la dame a le pied sensible à cause d'une longue pratique de l'autonomie... ou de l'abus. L'autonomie des femmes commence souvent par l'abus, m'expliquera-t-elle plus tard. Même en 2043. Les choses changent lentement. Nous sommes encore l'animal le plus menaçant pour l'humain.

Chapitre XXI

Le Boubou ronronne comme un chat. Premier arrêt, les Bezeau ; pour faire du renforcement positif, comme dit Yves. Jérémie porte son déguisement et se remet en mode dur à cuire. Il frappe, pas de réponse. Il tourne la poignée, la porte n'est pas verrouillée. Il entre en appelant monsieur Bezeau. Silence. Pourtant, la voiture du fils et la petite fourgonnette du père sont stationnées sur le côté de la maison. Jérémie voit madame Bezeau baignant dans son sang, couchée sur le plancher du salon ; à ses côtés, monsieur Bezeau, dans son sang aussi. Plus loin sur le divan, le beaubelle et la gazelle, tous les deux les poignets tailladés. Madame et monsieur Bezeau sont attachés. Ils ont été tués par les deux autres, qui se sont ensuite donné la mort. Sur la table à café, une note qui parle de cookie explosif, de mort lente, des quatre vieux de Montréal qui ne sont pas morts et qui sont venus les tuer. Jérémie tremble, prend la note et sort sans se précipiter. Il monte à bord et dit : « Ils sont morts. »

– Ils sont quoi ?

– Morts. Assassinat et suicide. Il y avait une note sur la table à café. Ils nous accusent de les avoir tués. Ils ont inscrit vos noms et celui d'un monsieur Charles. J'ai pris la note.

Un silence. Un énorme silence, aussi noir qu'un nuage d'orage. Un silence qui éclate finalement dans les sanglots de Monique, comme dans la colère d'Yves.

La gazelle est morte. Tant mieux ! Je le pense, je n'y peux rien. Julie, comme d'habitude dans les moments de tension, trouve refuge dans ses territoires. Jean commence par dire :

– Ce n'étaient pas des vrais cookies. Ils se sont tués pour rien.

– Mais ils sont morts quand même !

Yves hurle.

– Ils sont morts, vous vous rendez compte ? Nous sommes prêts à tout pour nos vacances de vieux débris. Nous sommes des minables. Des criminels, vous m'entendez ? Des criminels ! Nous allons arrêter de jouer aux gentils vieux. Nous sommes des vieux crisses de fous !

Il vaut mieux que sa colère s'exprime. Je suis plutôt inquiet pour Jérémie. Il y aura enquête. Avons-nous laissé des traces ? Jérémie et ses copains portaient-ils des gants ? Je ne me souviens pas, lui non plus. Nous n'en portions pas, j'en suis sûr, mais eux ? Je pense à tout, à rien. Je revis la première scène mille fois. Non, nous n'avons pas laissé de traces. Peut-être. Oui, Monique a touché un vase qu'elle trouvait beau.

Jérémie revient à la maison, du sang sous ses semelles. Nous ne pouvons pas partir aujourd'hui. Notre maison est encore le meilleur refuge pour quelques jours. Jérémie nous indique que Jean et lui vont partir immédiatement. Ils ont du nettoyage en vue. Il donnera signe de vie dès son arrivée. Je l'embrasse, Julie aussi. Jean nous salue. Yves et Monique sont montés à l'étage et n'assistent pas au départ de nos gardes du corps. La journée est longue. Nous ne voyons pas Yves ni Monique, ils demeurent dans leur chambre. Nous n'entendons pas de bruit, pas de chuchotements, même pas de sanglots. Le calme froid, comme les pires malentendus en créent. La journée est longue. Trop longue.

À dix-sept heures, je monte et je frappe à la porte de la chambre de Monique. Je dis que le repas est servi. Pas de réponse. Je retourne à la salle à manger. Puis, dans l'escalier, les craquements de la descente typique d'Yves, appuyé sur Monique. Le repas passe, nous ne parlons pas – ou si peu. Des banalités d'une tristesse aussi grande que notre désarroi devant la tournure des événements.

La nuit est un cauchemar, et le jour se lève après moi.

Nous mangeons ensemble. Yves nous dit que nous devons retourner au centre d'accueil.

– Notre soi-disant ravisseur est mort. Nous n'avons plus de raison valable de continuer, nous avons maintenant une bonne explication.

Le centre d'accueil. Déjà! Notre nouvelle jeunesse a passé vite. La mi-juin, et nous devons rentrer. Yves nous explique que, selon lui, les policiers vont venir rencontrer les locataires de monsieur Bezeau, enquête de routine; nous devrons saisir l'occasion pour raconter notre histoire. Julie n'est pas d'accord. Elle proteste, mais Yves est inflexible. Elle quitte la salle à manger et va dans le salon.

Je la rejoins, l'embrasse et je m'écroule sur le plancher.

Épilogue

J'entends Julie demander à Yves de faire quelque chose. Mais je suis incapable d'ouvrir les yeux ni même de parler pour les rassurer. Je pense, mais les sons ne se structurent pas.

Je vais bien, je vais bien. Pas de panique !

Je n'ai rien, ça va passer. Quoi, je ne le sais pas. J'ai quatre-vingt-un ans, je suis jeune, beau et en santé, mais je suis dans le flou.

J'entends Julie :

– Philippe, Philippe ! Reviens, merde ! Reviens ! J'ai besoin de toi. Philippe, si tu m'entends, serre ma main.

Je veux serrer de toutes mes forces, mais rien ne bouge.

– Il faut le conduire à l'hôpital !

Yves, pas l'hôpital ! Ils vont découvrir mon identité, les vôtres, au moment où nous partions pour la Gaspésie. Allez ! Yves, Monique, Julie, ne faites pas cela ! Je suis seulement un peu fatigué. Montez-moi dans ma chambre, ouvrez les fenêtres, donnez-moi un calmant, je vais dormir. À mon réveil, je serai comme neuf… Comme hier. Si j'étais comme hier, je serais parfait, n'est-ce pas ? Alors, je serai comme hier. Puisque je vous le dis…

De l'oxygène ? Tiens ! C'est une bonne idée ! Mais elle serait meilleure si la bonbonne ne faisait pas tant de bruit, on dirait une sirène. J'entends courir près de ma chaloupe qui tangue et roule. Pas si vite, il n'y a pas le feu ! Comment ça, les soins intensifs ? Comment ça : « Vite ! On le perd ! » Vous n'entendez pas quand je parle ? Je vous dis que je vais bien... Bon ! Vous ne voulez pas comprendre ; alors, je vais dormir...

Finalement, c'est mon fils qui me réveille en disant : « Bonjour, papa ! » Et ses sœurs répètent : « Bonjour, papa ! » J'ouvre les yeux. Ils sont là tous les trois. Que font-ils ici ? J'ai vraiment bien dormi, peut-être un peu trop...

– Il ouvre les yeux, il ouvre les yeux ! Madame Quesnel, venez vite.

Julie approche : « Salut, Philippe ! Te voilà enfin revenu ! »

Je dis : « Bonjour, Julie ! » J'entends : « Our, lie ! »

Les salauds, ils m'ont donné beaucoup trop de médicaments, j'ai de la difficulté à bouger les lèvres. Julie se penche sur moi. Mon bras gauche refuse de la prendre, tandis que mon bras droit retrouve la force de l'étreinte.

Je la regarde, affolé :

– Qu'è ça ? Qu'è ça ?

Qu'est-ce que c'est cela ? Dites-le-moi !

– Le médecin va venir vous parler dans vingt minutes.

Qui est cette infirmière ? Julie, raconte-moi ce qui se passe ici.

– Ulie, Ulie !

Et je me mets à pleurer. Je ne suis plus un homme. Je vais la perdre, c'est sûr !

– Ulie ! Ulie ! Ulie !

Je sanglote. Je suis mort, et ce n'est pas juste, je respire.

– Ne pleure pas, Philippe. Tu vas voir, il y a beaucoup à faire...

– Yva... Moique... Où ?

– Ils sont à la maison à l'île Lamèque, ils vont venir te voir cet après-midi. Nous avons décidé de ne pas aller en Gaspésie. Il n'y a pas de danger sur l'île, la police a conclu au meurtre avec suicide. Drame familial. Yves n'a pas raconté notre histoire de ravisseurs à la police de Lamèque. Nous sommes encore pris pour trouver une histoire abracadabrante. Mais tu sauras trouver, tu es un artiste. Tu sais que tu nous as fait peur, toi ! Tu es ici depuis deux semaines. Si tu savais comme j'ai eu peur de te perdre !

– J'eu mouir…

– Mais moi, je ne veux pas que tu meures. Jean et Jérémie sont venus te voir pendant que tu dormais. Ils ont parlé aux médecins : tu peux réapprendre à marcher et à parler.

– Non !

– Oui, Philippe, tu viens juste de commencer à vivre, mon bel amour.

Mon fils et mes filles se mettent de la partie pour me donner le goût de retrouver quelques moyens. Je les regarde, mes enfants. Ils sont beaux et je les aime. Je leur fais signe de ma main valide, je caresse leur visage l'un après l'autre. Mon fils pleure aussi et me dit :

– Ne pars pas tout de suite, papa… J'ai cinquante ans, et nous n'avons pas encore parlé, toi et moi. Moi, j'ai besoin que nous parlions.

Avec la bouche à moitié paralysée, je sens que je vais découvrir les joies de l'écoute !

« *Il faut avoir beaucoup écouté pour acquérir le droit de parler* », me disait une journaliste de *La Presse* à mes débuts… Bon ! Si vous me dites que cela vaut la peine, moi, je veux bien essayer.

– D'ac… cord !

Je fais de grands signes de la tête, je m'agite… Le sermonneur vient de me dire que « ce serait chouette, si nous vivions jusqu'à cent ans ! »

Il est vraiment plus malade que moi !

– Allez, Philippe, quand on est un emmerdeur, ce sont les autres qui meurent en premier… complètement épuisés d'avoir tenté de nous suivre !

Sermonneur, je vais te le dire pour la première et la dernière fois : « Je t'aime. »

Encore une nouvelle vie ! La dernière. Peut-être... Madame Pilon disait : « Ça n'existe pas, une nouvelle vie ! »

Julie essuie le filet de bave qui coule de ma bouche. Je me dis que c'est la vie : un matin tu te réveilles... t'es vieux.

Outch ! Un détecteur de pénis ! Non... Une sonde !

Remerciements

Je remercie ceux et celles qui ont donné le feu vert à cette idée et m'ont encouragé à accompagner ces personnages de vieux fous. Je pense notamment aux membres du comité de lecture maison, Michel Monfet, Gyslaine Saucier, Louise Leclerc, Danièle Laberge, Danielle Dion, Sylvie Gauthier, qui ont cru les premiers à cette histoire. Je suis reconnaissant de ce coup de pouce essentiel.

Je remercie aussi Uparathi Provencher, auteure et réviseure, qui a collaboré à la correction du manuscrit et dont le regard sait tout voir.

Finalement, un livre est le travail d'une équipe qui se cache dans le nom d'un éditeur. Je remercie ainsi Micheline Dandurand et Colette Michaud des Éditions Vents d'Ouest, parties visibles de cette équipe remarquable.

Vous pouvez communiquer avec l'auteur à l'adresse Internet suivante : michelfgcom@videotron.ca

PAO : Éditions Vents d'Ouest inc., Gatineau

Impression et reliure : Imprimerie Gauvin ltée
Gatineau

Achevé d'imprimer en novembre
deux mille trois

Imprimé au Canada